KB083050

일본풍토기

日本風土記

金時鍾

일본풍토기

초판인쇄 2022년 7월 1일 초판발행 2022년 7월 15일

지은이 김시종 옮긴이 곽형덕 펴낸이 박성모 펴낸곳 소명출판 출판등록 제13-522호

기획 한림대학교 일본학연구소

주소 서울시 서초구 사임당로14길 15, 2층

전화 02-585-7840 팩스 02-585-7848

전자우편 somyungbooks@daum.net 홈페이지 www.somyong.co.kr

값 21,000원 ⓒ 한림대학교 일본학연구소, 2022

ISBN 979-11-5905-709-0 03810

이 역서는 2017년도 정부(교육부)의 재원으로 한국연구재단의 지원을 받아 한림대
학교 일본학연구소가 수행하는 인문한국플러스지원사업의 일환으로 이루어진 연구임
(2017S1A6A3A01079517)

日本風土記

金時鍾

일본
풍토기

김시종 시집

한림대학교 일본학연구소 기획
곽형덕 옮김

일러두기

· 시와 인터뷰에 붙인 각주는 모두 번역자 주이다.
· 이 도서는『日本風土記』(國文社, 1957),『日本風土記Ⅱ』(藤原書店, 2022.3)를
  저본으로 하여 번역하였다. 자세한 사항은 역자 후기에 서술하였다.

시인의 말_ 한국어판 『일본풍토기』 간행에 부치는 글

제 문장 기술記述은 얽매이며 익힌 일본어로 쓰여 있어서 한국어로 옮기는 것은 특히 어려운 언어표현입니다. 표현도 독특하고, 말뜻을 담아내는 방식도 사전 설명만으로는 해결이 되지 않는 경우가 많습니다. 곽형덕 교수는 제가 구사하는 뒤틀린 일본어의 특질을 명확히 파악해 모어로 바꾸어 옮겼습니다.

2014년에 번역 출판한 『장편시집 니이가타』를 시작으로, 2018년에는 제 첫 시집 『지평선』을 번역한 데 이어서 2020년에는 김시종론을 모은 트리콘세계문학총서3 『김시종, 재일의 중력과 지평의 사상』까지 냈으니, 그야말로 한숨 돌릴 틈도 없을 정도의 노력과 기력을 기울였다고 해야 할 겁니다. 게다가 이번에 『일본풍토기』완전판를 번역해 내는 것에 대해 저자인 저로서는 그저 묵례할 뿐입니다. 확실히 곽 교수는 일본문학 연구 분야의 학자입니다만, 재일동포가 처한 상황에 각별한 친근감을 품고 있어 가능했던 노력과 기력이었다고 추찰推察합니다.

때를 같이해 『김시종 컬렉션』을 계속 간행 중인 후지와라서점藤原書店에서도 『완전판 일본풍토기』가 이번 달3월에 간행됩니다. '완전판'이라는 수식어를 일부러 붙여야만 할 정도로『일본풍토기』는 우여곡절을 겪은 시집입니다.

『일본풍토기』가 세상에 처음 나온 것은 1957년 11월입니다. 북 공화국의 파견된 정부기관임을 자처하며 조직의 권위를 내보였던 조선총련이 발족한 지 아직 2년이 채 되지 않았던 시기의 출판이었는데, 서클 시지詩誌『진달래』를 향한 비판은 이미 조선총련에 의해 시작됐었습니다. 민족 허무주의에 빠져 있는 집단. 순진한 청년들을 선동하고 있는 김시종이라는 비판은 부당하기 그지없었습니다만, 사실은 재일동포의 이목을 새로운 조직인 조선총련으로 집중시키기 위한 비근한 수단으로서의 선전 행위였습니다.

『일본풍토기』는 조선총련의 높으신 분들이 읽어도 의미를 알 수 없는, 이른바 '현대시' 시집이었기에 이렇다 할 비판도 없이 세월이 흘러갔습니다. 하지만 새로운 조직이 들어서고 분위기를 다잡기 위해서인지 반 조직분자로서의 김시종을 향한 비판은 점차 커져가기만 했습니다. 그렇게 제 표현 행위에 이른바 생트집을 잡았습니다.

『일본풍토기』II는 제3시집으로 출판됐어야 했던 작품입니다. 그런데 출판 직전에 간행이 무산되는 좀처럼 겪기 힘든 체험을 하게 된 고통스런 기억을 안겨준 시집이기도 합니다. 북 공화국으로의 귀국사업이 실현되면서, 날아가는 새도 떨어뜨릴 정도의 위세를 보인 조선총련으로부터 "일본어로 발표하는 것은 중앙위원회조선총련의 비준심사한다는 뜻입니다을 받지 않으면 안 된다"는 조직의 규제를 받고 출판이 중지됐던 겁니다. 사상악의 표본이 된 저는 점차 동포 사회로부터 외따로 떨어져 고립돼 갔습니다.

걱정했던 대로 동포 밀집지역이쿠노구(生野区), 후세시(布施市)를 포함하는 히가시오사카(東大阪) 일대에서의 생활이 나날이 차가운 눈초리에 휩싸이게 됐습니다. 쫓기는 자로 살면서 거듭했던 이사는 그렇게 시작됐습니다. 시외 여기저기로 연달아 이사에 이사를 거듭하는 가운데 되돌아온 『일본풍토기』Ⅱ 시집 원고는 흩어져 없어져 버렸고, 시를 쓸 의욕은 커녕 수중에 남은 몇 푼 안 되는 돈은 모조리 싸구려 술로 바꿔 먹었습니다. 이 당시의 상세가 기록돼 있는 『김시종 컬렉션』Ⅱ에 실린 「후기」와, 인터뷰 「순수한 세월을 살고」를 곽 교수가 이 책에 번역해 실었으니 참고해 주시기 바랍니다.

스스로 입에 담기에 분에 넘쳐서 얼굴이 붉어질 이야기지만, 흩어져 사라졌었던 시편을 오랜 세월에 걸쳐서 찾아낸 '김시종 연구자' 아사미 요코浅見洋子 씨와, 아사미 씨를 지원해 온 두 명의 학구자에 의해 『일본풍토기』Ⅱ 전 작품이 책 한 권에 모였습니다. 좋은 벗을 얻고, 사라졌던 시집이 부활하는 행운에 휩싸여 실로 행복한 저입니다만, 그만큼 조금 부끄럽다는 생각도 듭니다. 어쨌든 60년도 전에 낸 시이고 제 미숙한 인식 수준이 적나라하게 노출돼 있는 작품도 적지 않기에 그대로 복각해도 될 것인지 자문自問하게 됩니다.『김시종 컬렉션』기획 편집까지 봐주고 있는 두 명의 존경하는 벗, 호소미 가즈유키細見和之 씨와 우노다 쇼야宇野田尚哉 씨로부터 절대로 손을 대서는 안 된다는 훈계를 받고 고분고분 따르기로 했습니다.

풍파를 겪고 간행되는『일본풍토기』II는 여로의 끝에 와 있는 제게는 뜻밖의 은혜입니다. 게다가 한국어판까지 함께 나오게 되다니 더욱더 깊이 감동했습니다. 제가 거쳐 온 시대의 얼룩과도 같은 시집입니다만, 읽어 주실 것을 감사하는 마음으로 바랍니다.

두 손 모아

2022년 3월 15일 김시종

차례

미간행시집 일본풍토기 II

일본
풍토기

빈대

젖은 걸레로
성벽을 쌓아
마침내 제왕이 됐다고 생각할 때.
천정에서 툭툭 떨어진 것이 있었다.
빈대다.
이 녀석의 창의성이라면
충분히
내 피 열 방울 정도는
줘도 좋다.

1,

개가 있는 풍경

정책발표회

커브를 꺾어
언덕을 다 올라갔을 때
정면에서
확 튀어나왔다.

전방을 내다보던
운전기사는
서둘러 양 팔을 교차시켰지만

그럼에도
가장자리를 짓밟고 멀어졌다.

"벌써 치여 있었어요."
몸을 조금씩 앞으로 구부리며
운전기사는 무뚝뚝하게
사건의 전말을 밝혔다.

나는 합승을 당하고
공산당 정책발표에 서둘러 가고 있었는데
시영市營 전차 선로에 배를 깔고 누워
모가지만이 쳐들린
무표정한 개의 모습이

아무리 달려도
검은 피사체로 남아
타오를 듯한 석양 한가운데에 가로누워 있었다.

나막신

단숨에
계단을 올라가
기침을 하며 뛰어 올랐다.
전차 안에서,
나는 기묘한 놈에게
떠밀렸다.
내가 쩔쩔맬 때도
놈은 유유히
그것을 비틀어 넣은 것임이 틀림없다.
둔부를 타고
그 냉기가
찌르르 내려온다.
몸을 펴서 발돋움하는 머리 위를
"갱생 자금" 관 뚜껑으로
막고서
다짜고짜 댄 손바닥마저
마비시킨 놈.

놈의 뼈에서부터 싹튼 것 같은

떡갈나무에 붙들려서

나는 진자振子가 됐다.

모여드는

통근하는 사람들을 곁눈질하며

놈의 분침이

계단을 새긴다.

똑딱똑딱

똑딱똑딱

나는 어디까지

끌려갔던 것일까.

끝까지 체념한 눈이

눈앞에 있는 붉은 입을 신경 쓰자

멀리서

드르륵 드르륵

자동문이 열리는 소리가 들린다.

제초

낫
이 있냐고?
당치도 않은 소리!
기세 좋은 무성한 여름풀은
그 정도로 꺾이지 않아
하긴 수고를 덜어
그렇게
위생적으로
근절하는
결정적인 방법이 있지.
우선
휘발유를 뿌린다.
그리고
불을 붙여서
조금 떨어진 곳에서
어깨에 맨 분사기로
호스를 향하면 된다.

불은 그렇게 다루면
한층 커진다.

×

지붕 너머
넘실대는 불꽃으로
급히 달려왔지만
그의 호스가
내 속눈썹을 태우고 말았다.
그가 불 사이로
한쪽 손을 들더니 "미안해" 하고 말했다.
질겅질겅
검을 씹고 있는 얼굴이
꽤나 사람 좋아 보이는
동안童顔이었다.
나는 끄덕이며

"괜찮아" 하고 말했다.

해가 기울었으나

호타루가이케蛍池* 근처의

투명하고

환한 날이었다.

---

* 호타루가이케는 오사카 도요나카시(豊中市)의 지명이다. 1950년대 초에는 미 점령군 주둔지 이타미비행장(伊丹飛行場, 현재의 오사카 국제공항)에 인접해 숙소 시설 등이 있었다. 호타루가이케에는 미군 을 상대로 한 성매매가 만연해 있었다.

인디언 사냥

내가
이 희극喜劇과 맞닥뜨린 것은
결코 우연이 아니다.
토라진 몸에 땀을 흘리며
인디언이 웅크리고 있다.
그곳에 남자가 뛰어 올라 타더니
기를 쓰며 옆구리를 차기 시작했다.

인디언의 참을성도 그렇지만
욱하는 그 남자의 모습도
꽤나 볼만했다.
안달을 하는 그는
끈기 있게 기다릴 수 없어
맥이 빠지는 조소에
완전히 화를 내고 있다.

분연히 클러치를 다시 쥐었을 때

남자의 안색은 이미 극도로 변해 있었다.
액셀을 마음껏 열어둔 채로
발돋움한 몸을
나락으로 차서 떨어뜨렸다.

잠시 기다려.
보고 있는 나까지
불끈해서는 안 돼.
변속기어가 웅웅 소리를 냈을 때
인디언이 이미
그 자리에 없었다는 것만은
말해 둘게.
구경하던 아이들을 쫓아 버리고
모퉁이 전신주에 핸들이 걸린
남자는 번쩍이는 보도에 내던져졌다.

요란스레 남은 기세를 몰아

옆으로 쓰러진 인디언이
아직도 공간을 힘차게 달렸다.
금이 간 선글라스를 남겨두고서.

그때 나는 생각했다.
아메리칸에게는 비교하기 힘든 우유부단한
재기가 있는데 말이야 하고.
우선 인디언을 익숙하게 탈 정도로
자네는 일본인으로부터 멀어진 것도 아닐 텐데.

이봐 멈추는 것만으로도
인디언은 처절하고 크게 외치잖나.

용마루 긴 집의 법도

나도
적잖이
이 녀석을 처분하는 것에는
흥미가 있었다.
우선
지난 세기 같은
함정에 빠진
이놈의 바보스러움만은
고려할 필요가 있다.
그렇다 쳐도
쥐가 아기의 코를 갉아먹어 버려서
노여워하는 곰치 아줌마*에게
그것이
통용될 것인지
어떤지.

---

*   곰치 아줌마는 별명이다.

지난 주

화형火刑은

맥없었다는

용마루 긴 집*의 의견은

대체로

물고문 형으로

같아진 것 같다.

그때

내가 발언을 한다.

그 꽉 막힌 사람의

엉터리 같은 행동에 대해.

그런데

어떠냐!

이 녀석들은

정말로

---

*　'용마루 긴 집'은 나가야(長屋)를 뜻한다. 번화가의 좁은 골목길에
　칸을 막아 여러 가구가 살 수 있도록 만들어진 목조 연립 주택이다.

유머가 없다.

금세

왕방울만 한 눈을 향하더니

곰치 아줌마에게 화를 냈다.

이 녀석의 죄상은

그만큼 더욱더

탐욕스럽다는 것이다.

따라서 중죄重罪.

반사반생半死半生이 되기까지

수챗물에

담근

후에

다시

수레바퀴 형벌에

처한다.

누가

배가 갈라지는 소리를

들어 본 적이

있는가!?

일본의

51음으로는

도저히

낼 수 없다.

곰치 아줌마 본인이

치마를 걷어 올리고

도망칠 정도다.

몇 시간 후

나는 그 형장을

지나갔는데

놀랄 만한

교통량이 아닌가!

아스팔트에

눌러 붙은 것은

손바닥 정도의

바래서 희읍스름해진

가죽.

그런 것 치고는

그 정도의 형벌을

녀석들에게 알릴 수단이

정말로 없다.

우리가

인간이어서는!

요도가와淀川 언저리

이미 이렇게 된 이상
그건 지구의 범위를
벗어났다.
모든 것이 드러난
투명함 속에서
하늘이 정지해
젖먹이가
삼파전의 투쟁을 벌인다.
이 불행하고
다산을 하는 종족이
시간屍姦을 굳이 했다고 해서
놀랄만한 일은 아니지.
그 후에는
능지처참의 향연이다.
진흙 하나 튀기지 않고
파문 하나 그리지 않고
그것은 차차 처리돼 간다.

폭발 직전의 적막함 속에서
하늘을 끌어안은
웅덩이의 분만分娩은
마침내 내 철퇴를 유발했다.

부글부글 끓은 진흙이
잠시 소용돌이치는 사이.
위로 떠오른 것은
처음부터 죽어 있던
타버린 게뿐.
벗겨진 흰색
등딱지가 흔들리며
침식되기 시작한 하늘의
해감 한 구석으로
천천히 빨려 들어간다…….

상쾌한 갈대가

다시 그림자가 될 때,

하늘은 정지하고

구름 사이에서

쑥쑥

옆으로 기어가는 놈이

뉘우치지도 않고

대기 속으로 뛰쳐나간다.

가출

하늘을 가둔
아버지가 있다.

그것을 걱정하는
아들도 있다.

야음을 틈타
울타리를 잘랐지만

가장 중요한 그 녀석은
뛰어오르지 않았다.

힘껏 후려친 주먹 위에
께느른한 것처럼 깃을 펴는

그 녀석.

목을 세우고
눈을 뒤룩뒤룩

휘어진 부리에 걸맞게
일이 틀어지는 것도 당연한 이치.

귤 상자를 엎어 높은 것 같은
닭장에서
넓은 하늘의 맹자猛者가 퇴화된다.

어디서부터 어디까지가
가축인 것인가

그것을 알게 된 것은
밤중이다

홀로 거리로 날개 쳐 나아간

아들뿐.

밤거리에서

〔1〕

돌출부는 하천이었다.

네온이 가라앉는 한 점에만

파리처럼 비가 모여들었다

몸치장을 한 여자가

열어젖힌 창문에서 맥주잔을 들고 자지러지게 웃었다.

하천을 사이에 두고

내 뇌는 그 소리를 가까이서 들은 듯한 기분이 들었다.

무성영화 화면 속

거리는 어느 새 젖어 있다.

나는 비를 대비하지 않았다.

〔2〕

기다리는 사람은 좀처럼 오지 않는다.

쉰 살 무렵의 남자가 노처녀와 서 있다.

갑자기 맥없이 가로수에 기대서

여자가 토했다.

젖은 차도에 툭툭 방울져 떨어졌다.

버스가 들어왔다.

이번에도 내가 탈 버스가 아니다.

타이어가 두 줄기

토사물 바로 위를 지나갔다.

싸구려 술 냄새가 떠돌았다.

사내는 칠십 엔 택시를 타고 있었다.

내가 보니

도저히 그 여자한테서 몫을 챙길 수 있을 것 같지는 않

았다.

본의 아닌 이야기로

가끔 맞는 일기예보 때문에

여자는 내장까지 드러났다.

우라토마루浦戸丸 부양

인간이란
그 정도로 하잘것없는 존재인가?
그저 십 년 정도의 세월에
뻔히 성불해 버린다.

오십 미터 근방 해저에서
아귀 넙치들과
사이가 좋아져
감지 못한 눈알을
바다뱀에게 먹일 정도까지
그 근처의 새우류까지
텅 빈 두개골에 살게 한다.

한 명 정도
제대로 된 망령은 없는가!?
쌓인 진흙을 제거하고
겨우 인양한 배의 창고 안에

책상다리를 하고서

남루한 셔츠의 가슴을 털면서

히쭉 웃고 있는 듯한

SEATO*에

입김이 닿아서

함선 건조 안이 나왔을 무렵

어쩌면 히토오키比島沖** 어딘가에

그런 녀석이

둘이나 셋

있을지도 모르겠다.

---

*   SEATO는 동남아시아 조약기구를 말한다. 반공산주의 국가의 군사
동맹으로 1954년에 창립돼 1977년에 해산됐다. 반둥회의에 대항해
만들어졌다.

**   히토오키(比島沖)는 제2차 세계대전 중인 1944년 10월 23일부터
25일까지 필리핀 주변 해역에서 발생한 일본 해군과 미 해군 사이의
해전이 벌어진 먼 바다를 말한다.

맹관총창盲管銃創[*]

기울이면

데구르데구르 하는

소리가 났다고 한다.

속이 텅 빈 동공을

오른쪽으로 잇는

관자놀이 근처의

구멍.

권총의 탄환.

뇌수를

다 빨아먹고서

완전히 풍화한

푸른 부스럼.

나는 그 녀석을

---

* '맹관총창(盲管銃創)'은 탄환이 체내에 박히는 부상을 말한다.

다시 한번
아무렇게나 던져 넣는다.

큰 뒤통수의 구멍을 막고
높게 들자
목탁보다 명확한
염불 소리가 나왔다.

땡그랑 데구르
데굴 땡그르
데구르 데구르
텅 데구르

햇볕을 덮어 가리면
불처럼
들여다보이는
머리뼈 안.

커다란 가시연의 씨보다도

강인하고

영원하며

웅크리고 있는

권총의 탄환

적도를 넘어

버마에서 돌아온

해골에게

새하얗게

드러난 의식이

구르고 있다.

과녁을 파다

선 채로 생나무를 도려내는
소년의 눈은 빨갛다.

표적 페인트칠이
도막도막 튀고
몇 개인가
눌려 찌부러진 납은
수액 흰 가루를 날렸다.

고목 껍질을 뚫고
점점이 처박힌
탄흔.

권총을 한 손에 든
달에 한 번 몇 명인가의 COWBOY가
이 오지를 찾아온다고 한다.

그리고는 베푸는 것이다.

살아 있는 몸뚱이를 가를 정도의 집착에

퍼져나간

표적이

지금 조용히

좁혀져

총구 앞에

벌어진다.

말도 안 되게 높이

직립한 삼나무

맨 꼭대기에 들러붙은

다시 돌아온

봄날의

햇살!

오리 무리

이 마을에
처음으로 온
신참.
아침 일찍
꼬끼오 소리에
남을 앞질러
요행을
믿었는데.
공공 직업 안정소로 가는
도중에
불심심문에
걸려
거동이 의심된다는 이유로
모처럼의 시간을
파출소에
완전히
다 뺏겨버렸다 한다.

아무튼

오전 ○시 반의

기상이라니

이치에 맞지 않았던 것도

이해가 된다.

여기서는

그 누구도

새벽을 알리는 소리가

닭이라고는

조금도 생각하지 않는다.

놈은 아무 때나

언제나

운다.

그래서

잠이 오지 않는 남자의

반감을 사서

아침이 오면
모래알 한두 발을
매일같이
맞는다.
생애 내내.
쌀겨와 잎을
섞은 것 위에
안주하고
수챗물 위에
마련된
좁아터진
우리에
똥을 싸고
체액을 흘리고
알을
제대로 낳지 못하면
끝장나는 것은

일상이다.

그래도

맛만은

아직

닭

쪽이다.

확실히 그런 눈이 있다

해 뜰 무렵
문을 닫은 방에서
어스제약* 모기약을 뿌렸다.

갈 곳 잃은 모기가
얽혀서 웅성이며
차가운 유리창 표면에 절멸해가는 모습을
나는 마음껏 바라보고 있었다.

우스울 정도로 죽어가고 있다.
단말마의 날개를 길게 곰틀거리며
윙 하고 한 바퀴 날다 죽어 간다.

하얘진 창문에 스프레이를 향하고
소인국의 걸리버처럼

---

* 　어스제약(アース製薬)은 1925년에 설립된 일본의 제약회사로 살충
　제 및 위생약품을 제조 판매하고 있다.

나는 내 방을
힘차게 밟고 있었는데,

모기가 떨어질 정도로
세계를 나누고
가만히 응시하고 있는 또 하나의 눈을
내 자신의 등에 잠식하게 한 채로
작은 상자 안에서 꼼짝도 할 수 없었다.

사육제

—매장하면 안 되는 그 죽은 자는 무언가 말하고 싶다

소의 등급을 매기는 것은
죽인 후다.
노력 따위는 철 지난 이야기지.
놈의 본명本命은
고기다.
고기.

갇힌 자라면
사육하기에 족하다.
충분하지.
제멋대로
덜컥 죽인다.
그것도 지극한 '자연사'로 말이다.

그다지 특별난 것도 없는

내 가죽 허리띠.

놈의 변신이

놈을 후려친다.

목을 조르는데

이유가 있나?

목장에 도살장이 있다고 해도

그것은 소 주인의

자동조작 장치일 뿐.

장사는 웬만하면

넓을수록 괜찮다.

오래된 것은

한데 모아서

스프에 넣자.

풍화된 뼈는

가루로 만들면 그만이다.

수렵한 열 마리 정도면

올해 축제는

잘 치를 수 있을 것이다.

오직 새로운 것으로 하자.

작은 산양류는

통구이를 해서

토막 친 것을

탁자 위에 늘어놓고

올해 최초의 수렵물은

기요미 짱[*]

메뉴에 써서

치아에 자신이 없는

---

[*] 기요미 짱(清見ちゃん)은 아이의 이름이다. 일본의 참치잡이 어선
　　제5후쿠류마루가 1954년 3월 1일 비키니환초에서 행해진 미국의
　　수소폭탄 실험으로 방사능에 노출되는 비극적인 사건이 벌어졌다.
　　기요미 짱은 원폭증을 안고 있던 어머니에게서 태어난 태내에서 피
　　폭된 아이의 이름이다.

노인들을 위해서라도

잘 다진 민스볼을

제대로 준비해서

건배에는

소중히 모셔둔

구보야마久保山 절임으로

내장에 알코올을 넣고

싹 말려서

한 조각 스산한 노래를

용서해주길 바라며

기원은

위장님에게 맡기자.

무턱대고 싫어하는 네가

무엇으로 변한다 해도

가장행렬假裝行列 어딘가에

뒤섞여 들어가도

너는 이제
너를 속일 수 없다.
맹렬한 식욕.
고봉으로 담은
기록의 영웅들.
다짜고짜
산발을 하고서
먹을 생각이 들 때까지
10년 걸렸던
너는 너는
털어놓는 게 좋아.

흔들리는 잇몸
뿜어 나오는 피 거품
거무스름한 피부에
흐물흐물한 살. 살.
11년째인 오늘을

우리가 다 먹어치운다.

더 이상

잘려 팔려나갈까 보냐?!

죽은 자들은 물론이거니와

날 몸뚱이인 내가

더 이상 썩어나갈 수 없다

인육 시장의

카니발.

공증인으로

누굴 택하나?

놈인가?

너인가?

아니면

머리통이 큰

나인가?

이봐.

한 해에 한 번

축제가

버섯구름原子雲을 타고

온다.

(도망쳐라 도망쳐.

허겁지겁 도망쳐라.

날 죽이는데

이유는 없다.)

발정기

발칙하게도
놈들은 보란 듯이 했다.
큰 거리에서.
갈고리꼴로 몹시 휘어진
남근을 내비치며
호기심 어린 대중 앞에
이제 막 시작된 불장난은 끝났다.
엄청난 공포.
샅에서의 줄다리기는
눈에 핏발을 세우고
점점 환호마저 섞인 대중의 눈빛은
링조차 이동하게 했다.
차가 멈춘다.
철사로 된 고리를 한 손에 든
시 위생국원이 내렸을 때.
모든 승패는 이미 결정됐다.
그토록 대담한 강철 끌도

쑥 빠져서

놈들은 울타리 안에서 따로따로 떨어졌다.

전광석화 같은 솜씨!

케엥!!

사내가 공중에 매달려 있는 사이에

여자는 울타리를 뚫었다.

흰옷은 총출동해서

도망친 한 명을 쫓았다.

놈은 차 안의 철망에서

늘어뜨린 남근을 핥고 있다.

게다가 혀까지 꽤 빨갛다.

혀를 차며

흰옷이 돌아갔다.

여자도 그렇게 해서

딱 들어맞게 받아들인 흔적을

어딘가 그늘에서 맛보고 있다.

무두질한 가죽이

시장에 나돌 무렵

여자는 다섯 배나 큰 버림받을 아이를 낳고

여자는 갓 산 장갑으로

남자를 따른다.

그리고 그 현장 위를 지나간다.

다음에 누가 어떻게 되든 말든

몰려든 많은 사람의 눈에는 변화 따위는 없다니까.

2,
무풍지대

내가 나일 때

김 군은
우울하다.
좋아하지도 않는 나라의
선수들을
응원하고 있는
자신이
우울하다.

김 군은
조선인이고
그들도 또한
조선인으로
그 조선 중에서도
북선파北鮮派가
김 군이며
또한 조선
안의

한국인이

그들로

올림픽에 출전할 예정인

축구 선수다.

예선을 치르기 위해

멀리서 온

둘도 없는

동포들.

그런데

김 군은

북선파다.

그런데

그들은

한국파다.

김 군은

빨갱이敵고

그들은
백색이며
김 군은
김일성을
그들은
이승만을
뒤죽박죽인 머릿속이
소용돌이치며
와아 하는
환성이 들끓는다.

왜 그러는 거야?
계속 잘 막았잖아!
계속 잘 막았잖아!
위기를 벗어나자
앙분해
들뜬 마음의

친우
기바木場 군.

그렇다 해도
이것만은
적응이 안 된다.
두 골의 부담을
안고
전반이 끝나면
더욱더
우울하다.

정말 질린다니까.
뭘 그런 걸 괜찮아.
　일본이 이길 거야!
기바 군은
정말로

조선 편이다.

이승만이

싫고

한국을

좋아할 수 없어서

그들과

접전을 벌이고 있는

일본이 걱정돼

북선파인

김군과

같은

의견을

가지고 있다는 생각에

컵을 드는 것도

허둥지둥

텔레비전에 폭 빠져들어

무릎을 적신다.

아아

　이제 글렀어!

동점이 된

충격에

기바 군의

얼굴은

완전히

백지장이다.

괜찮아!

"이제"라고 하는 것이

마음에 걸려서

김 군은

자신에게

중얼거렸다.

아니지

저 지랄 같은 체력을 어찌 하나!?

기바 군은 더욱더

같은 편에 선다.

(도대체 자네는 어느 쪽이야!?

　한국이 이기길 바라는 건가?

　아니면 지길 바라는 건가?

　나도 알 수 없어.

　다만 '조선'이 이기길 바랄 뿐이야.

　무슨 소리를 하는 거야!

　저건 한국을 대표하는

　선수단이잖아!

　이승만이 힘을 과시해도 좋다는 거야!?

　그만 말해!

　그걸로 내 머릿속은 지금 가득하다.

　그 '조선'을 찾아야만 한다!)

시합이 끝났다.

시합이 끝났다.

동점인 채로

끝났다.

기바 군은

완전히

불타올라

테이블을 계속

쿵쿵 쳐대

커피 잔까지

신이 나서

몸이 무거운 채로는

괴로우니

저쪽에서

행동하며

물과 차 등이

바림된

세계 지도에
손으로 턱을 괴고
우리는 기다렸다
추첨 결과를.

축하하네!
기바 군.
커피가 아직
남아 있다.
다 마시고 나가세.
자네도 잘 알겠지만
조선에는
나라가
두 개나 있어서
오늘 나온 것은
그중 하나라네.
이른바

한쪽 발로

공을 찬 셈이지.

오늘은

내가

사겠네.

양쪽 발을 다 갖추면

그때

그때는

자네가

사주게나.

그럼

내 가련한

한쪽 발을 위해!

건배!

건배!

그런데 걸을 수 있겠나?

뭘 이 정도로 그래.

이골이 난 게

좋지 않아.

틀림없어.

틀림없어.

그럴 수도 있겠네.

좋은 날

뒤뜰

호리하게
긴 것이 아니다.
호리호리 하게
긴 것이다.
오로지
태양을 희구하며
빨래 건조대 옆에
얼굴을 내비치는
나무 한그루.

어떤 나무였던가?
6척* 정도나
발돋움하고
잎이 무성한 것은
꼭대기뿐.

---

* 약180cm.

그 엉클어진 듯한
나뭇잎 안쪽에
벌레가 있다!
매달리듯이
살아있다!

서민이 지닌
초록의 허용량과
벌레가 필요한
초록의 허용량과.

꿈틀하고
움직였다.
벌레의 결단에
내민 손이
나뭇잎 안쪽을 돌리며
7월 태양을

눈부시게
우러러본다.

바로 아래는
나락의 습지대.

열쇠를 가진 손

점심이 끝나갈 무렵

다쓰오達雄 군의 사고가 알려졌다.

그 순간 나는

그 소년의 생애가 결정된 듯한 기분이 들었다.

좀처럼 끼지 않는

공업용 프레스 톱니바퀴에 말려들어

오른팔을 겨드랑이부터 잘렸다고 한다.

정확무비正確無比한 그 궤도.

좀처럼 없는 사고라서

커버가 없었던 것일까?

아니면 커버가 없어서

사고가 난 것인가?

흉측한 기억이 늘었다고 해서

프레스를 없애지는 않는다.

오히려 그럴 수 없는 작은 생계.

구왕구왕

하는 땅울림 소리를 내며

누군가가 다쓰오 소년의

뒤를 이어 앉는다.

그리고 정확무비한 아가미 속으로

간격을 잇는 뒤지처럼

기름투성이인 손바닥이 늘어났다 줄어든다.

그리하여 만들어진

자물쇠.

안전을 보장받은

열쇠.

집을 자주 비우는 집사람이

현관을 닫고

걸쇠를 걸고

열쇠를 태연스럽게

철컥하고 채운다.

일요일

쇼핑을 한다 해도
돈이 있을 리 없었다.
줄을 서고 있자
전기청소기처럼 빨아올려 줬다.
이 층에 도착했다.
줄줄이 몇 걸음 걸은 것뿐인데
인사를 받았다.
나는 의젓하게
선 채로 3층으로 올라갔다.
3층에서도 인사를 받았다.
마음이 내키지 않는 것도 아니다.
돈이 있다면 더 좋겠다고 생각했다.
5층에 도착했다.
인사를 풍족하게 받을 수 있었다.
우리는 한결 더 비참해진 것인지
훌륭해진 것인지 알지 못한 채
7층에 도착했다.

그 앞은 막다른 곳이었다.

내려가는 에스컬레이터는 없었다.

아내와 나는 열네 번 반을 돌아서

지상으로 내려왔다.

사람들이 끊임없이

선 채로 빨려 올라간다.

밖에서는 드르륵드르륵

공기 해머가 철주를 박고 있다.

지하 수십 척 아래로

우뚝 선 채로 깊이 박히고 있다.

아래에 바위는 없는 것인가?

녀석의 힘을 보고 싶노라 생각했다.

틈으로 살짝 보니

햄머는 내 머리 위에서 춤추고 있다.

기대는 이백 엔으로 해결을 봤다.

맥주통처럼 부풀어오른 장내에

스크린은 완전히

부부를 고목처럼 지치게 했다.

북적이는 사람들 속에서 말이 없는 아내에게

나는 어떻게 하면 좋을지

자신에게 묻다 취소했다.

일본의 냄새

내게 처음으로

일본인 친구가 생겼을 때.

그 친구의

집에 갔을 때.

그 냄새는 참기 힘들었다.

높은 담에 둘러싸인

솟을대문 집 안쪽은

왜 그토록 어두웠을까.

냄새로 가득 찬

그 냄새가

기둥이나 벽 널빤지에 스며들어

안에서부터 곰팡이가 피어있는 것만 같았다.

마치 출구가 없는 것처럼

피어오르는 연기는

한 떼가 돼

대들보를 건드리며 흔들거렸다.

고래 스테이크가 있다고 하여

초청을 받고 그의 집에

찾아갔는데

크기는 달라도

역시 말했던 것이 놓여 있었다.

똑같은 것이 올라와 있었다.

남극 고래를 먹는다

우리에게

선향線香.

선향.

기름 냄새와 한 몸이 돼

전쟁의 잔영이

지금도

모셔지고 있다.

모두

이 냄새가 안 난다고 한다.

다만 나처럼

마늘 냄새 나는 인간만

코를 찌르는 모양이다.

그럴 것이다.

도로가 좁아

스쳐 지나가는 대형 버스의 독촉에
쓰레기 수거차가
앞으로 고꾸라질 뻔했다.
방수 처리된 검은 우비를 버둥거리며
숨을 헐떡이는 지방 공무원.
20년 근속을 하면 연금이 붙으니
그것 참 멀고 먼 길이다.

조금 기다려줄 수는 없는 건가!?

무턱대고 경보기를 울려대며
덮치듯이 육박해온
시영 버스.

울적한 작은 깃발을 두 개나 세우고
가을비로 흐려 보이는 좁은 길에서 안달이 났다.
천황이 오사카에 왔다고 하는 날

아침.

젊은 자네를 나는 믿었지

아니지.

아니야.

젊은 그대가 거절할 리 없지.

갑자기 물어와

당황한 것이야.

분명해.

게다가

오후의

한산한 전차여서

몇인가

호기심 어린 눈으로 쳐다본 게

신경 쓰였다고도

할 수 있지 않나.

그런 것임이 틀림없어.

아무리 이상한

발음이라고 해도
늙은 조선 부인을
젊은 그대가
무시할 리가 없잖은가.

그대는 대답할 거야.
이제 대답하겠지.
아직 멀었으니
어서 앉으세요.
하고
자네는 대답할 거야.

난 네게
내기를 건다고 해도 좋아.
교바시京橋를 지났는데
"쓰루하시鶴橋에서 왔어?"
라는 말이 반복되는데

네 어머니는
외면을 해도
그대는 더욱 부끄러워하지 않으면 안 되는
눈초리를 하고 있지.

모리노미야森之宮를 지났을 무렵
어머니가 일어섰지.
재촉을 받은 것처럼
그대도 일어섰어.
그건 무언가 잘못됐어.
다정한 생김새의
그대가
내가 정말 좋아하는
일본 아가씨가
그 정도로 편견에
무를 리가 없어.
심지어

젊은 세대를
배반할 리 없잖아.

내기의 여유는
아직 남아 있어.
이 전차가 멈췄을 때
그때가 바로 내 승부처지.
난 초조하지 않아.
어머니가 성큼성큼
내 앞을 지나쳐
약간 머리를 숙인 듯한
그대가 그 뒤를 따라도
내기는 아직 끝났을 리 없어.

천천히
플랫폼에 다다르지.
스피커에서 정차장을 고하고

자동문이 열리지.
어머니가 내리지.
내가 자리에서 일어서.
노파가 밖으로 목을 내밀고
그대의 하얀 버선이
플랫폼의 골짜기에 떠올라.

다음은
쓰, 루, 하, 시야.
순간의 영원.
그대가 가리킨
손가락 끝과
연신 꾸벅꾸벅 고개를 숙이는
노파 사이를
유리창이 가로막는다.
어머니는 플랫폼 끝.
그대는 중앙.

나는 노파와

움직이는 전차 안.

설령 내가 졌다 해도

어머니여, 당신을 나는 힐책하지는 않으리.

뉴룩

기쁨에 젖어 있던 그 눈.
"어때 재미나지!"라고 한다.
솜씨는 그럭저럭이지만
자주 들러 편안함에
판단을 맡기고 있는 나.
쉰 살 쯤으로 머리가 벗겨진 머리에
그래도 장사치라
얼마 남지 않은 머리카락을
종이를 가늘게 꼬듯이 가려내서
가위질을 한다.
"암튼 보온기 하나로 두 개를 자라게 할 수는 없으니
더욱……"
맞장구를 치지 않는 것이 조금 불만인지
수은이 엷어진 거울 속에서
턱을 치켜 올린다.
유리를 끼운 사각 수조 안에
납작하고 긴 사발이 하나 들어 있었고

금붕어보다 몇 배나 비싸다는

엔젤피쉬가 가라앉아 있다.

금붕어만으로는 미덥지 않으니

피라니아는 구하기 어렵냐며 진지한 얼굴로 말하는 것

이다.

과아연.

천국과 지옥이 이웃하고 있다니

그것 참 기가 막힌 생각이 아닌가.

우선 성마른 그놈이

비스듬하게 내보인 뒤통수를

놓칠 리가 없었다.

남미의 흐릿한 강바닥에

엎드린 암소.

  뿌드득 뿌드득

혈관을 물어 찢으며

비등하는 피라니아의 이빨들.

가늘게 열린

눈에

그것은 또

얼마나 조용한

아담한

아저씨의

머리인가!

남다를 정도의 온기 속에서.

물방울은 유리에서 지렁이로 부화하고

그리하여

코를 서로 맞댄

그와 내 사이에

하나의 생활이 조정됐다.

무풍지대 - R에게 보낸다

고요해진 바람이
그곳에서 오기를 기다리고 있었다.
눈
깜짝할 사이에
내가 날아가고
아내가 죽어 있었다.
입에서 불을 뿜었다.

고압선과
이웃한
생활.
한밤중에 돌풍은
덧방나무를 쓰러뜨리고
붉은 뱀의 혀를
문간에 매달고 사라졌다.

사람들이

지나간 바람을

이야기 할 때.

아침 일찍 나선 아내가

자기 집

바로 앞

출구에서

사라졌다.

표창

청량한 날씨.

다쓰미 신사巽神社*에

같은 씨족신을 모시는 사람들이 모두 모여서

단지리**가

나갈 차례를 기다린다.

신주神主

천천히

가라사대

지난날 화재에

내 몸

내 집을

돌보지 않고

불길 속에서

단지리를 구하고

주타忠太와

---

*   오사카 이쿠노 소재의 신사.

**   축제 때 장식한 수레.

그 아이

잇페이一平.

오늘 가는 날에

마을 일동과 교대해서

부자父子의 의협심과

그 신심信心에

심신深信의

사의를 표하네.

소방단장

금일봉을 주며

마을 대표의 대리

여름 햇살도

아랑곳하지 않고

온통 검정색 옷에

흰 장갑.

폭이 넓은

표창장을

읽는다.

종 같은

박자도 경사로워

이 마을에서

흥겹게

단지리가

지네를 능가하는

다리를 가지는가.

주타의 3남은

핫삐*를 입고

몸을 단단히 하고

막대사탕을 입에 넣고 빨며

행렬을 따라가고

갓난아기를 업은 어머니

임시 거처

신사의 처마에서

---

*   이불로 만든 옷.

남편이 박자를 맞추는
단지리
구슬땀을 연신 닦으며
귀여겨들을 수만은 없네.
너도 또한
이곳에서 자란 사람이려니
마음 종작없이
즐겁네.

운하

큰비가 내린 후.
나는 다릿목에 서 있었다.
그 밖에도 많은 사람이 있어서
대나무 장대를 한 손에 들고 바라봤는데
눈에 띄는 것은 떠오르지 않았다.
만반의 준비를 하고 있는데 탁수에
흘러내려 오는 것은
푸성귀 지스러기.
짚 지스러기. 나무토막 등.
가끔 건진 잔챙이 물고기에도
사람들은 술렁이며 보러갔다.
이 얼마나 잔망스런
집착인가.
곧 값진 물건이라도 흘러오면
그것 참 큰일이로세.
운하여, 언제까지고 더러워도 좋아.
정말로 모두 뛰어들지도 모르니까.

종이 나부랭이, 짚 지스러기, 푸성기 지스러기.

언제 언제까지고 똑같은 것을 나르는 게 좋아.

차차 거무스름해진 지붕에

어슴푸레한 석양이 들어와

미처 줍지 못한 고무공에

아이들이 돌을 던질 때까지

나는 다릿목에 서 있었다.

운하를 바라보며 서 있었다.

만 년萬年

기우뚱 흔들렸을 때
그 배腹가
내 코를 질식시켰다.
흥건히 땀이 밴
원피스의 감촉에
나는 그렇게
잉태해 버렸던 것이다.

내가 낳은 아이가
여자라고 한다면.
그 아이 또한
올챙이배가 될 것이다.
내가 품은 남자 아이가
성장했을 때.
놈은 또
올챙이배를 만들겠지.
틀림없는 사실에

내가 있다.
내 아비의 또 그 아비가
아비를 낳고
또 아비의 아비가
아비를 낳아서
나는 연면連綿하게
태고와 줄지어 있다.

그 배의 무거움에
난 처음으로
자리를 양보해줬다.
몸을 제대로 가누지 못해
털썩 엉덩방아를 찧었을 때
버스는 크게 흔들려서
염천 아래 새하얀 길을
8월 6일*의 한복판에 도달하고 있다.

*   히로시마에 원폭이 투하된 날이다.

처분법

제방 위에서
장례식을 보고 있었다.
백주대낮의 공공연한 학살을
이 눈은 확실히 끝까지 지켜봤다.

'출입금지' 팻말에
개새끼 한 마리 가까이 다가갈 수 없는
이런 세상이 어느새
오사카의 일각에 둥지를 틀어버리고 말았다.

폐기물이 가득 찬 매립지를 파고 또 파서
이천 수백 관이나 되는 대량 쓰레기를
시바타니芝谷 매립지에 처분한 모양인데

있는 대로 매장한 것이
어족魚族뿐이라니
나는 도저히 믿을 수 없다.

참치가 등신대인 것에도
놀랐는데
구멍 하나에 처넣어진 채로
폐기물에 짓눌린 것을 보고 깜짝 놀랐다.

나는 이전에도
이러한 장례식을 알고 있다.
탄 사체는 분명히 검게 그을렸는데
시대는 산 채로, 목숨을 끊고 사라졌다.

흰 손

― 오르골아 그대는
어째서 한 소절의 노래밖에
모르느냐? ―

텅 빈
방에
작은 상자가 있다.

듣고
또 들어
익숙해진
노래가 있다.

시계
초침처럼
궤도에 탁 달라붙은
첫 소절만 나오는

노래가 있다.

같은 말을
계속 되풀이해
그렇게
같은 몸짓으로
십 년이 지났다.
십 년을 울었다.

작은 상자.
작은 상자.
시력을 잃은 아이*의
작은 상자.

어제와 같은
음색이 흘러

---

*   원폭 고아가 모델이다.

아침에 이은

음색이 울려

덮개를 닫는다.

덮개를 연다.

작고 작은

원폭 고아의

작은 손.

우리 집

이래선 수가 없잖아.

히로시마의 천 배나 된다니!

　그렇게 크다고? 고작 10메가톤이…….

어차피 할 거라면 크게 하든가!

뭔 소리에요? 아버지!?

　바로 죽을 수도 있다는데.

어머니 그래도 좋아요?

　좋고 싫고가 어디 있어!

그렇지, 참말로!

어쩔 수 없어. 우리로는…….

　오빠까지 그렇게 생각해?

　당연하지!

　자자 그런 것보다 공부를 해야지!

공부 해봤자 무슨 소용이야!

　동감이야 동감. 자 영화라도 보러 가자!

　역도산이 세계를 제패했어!

정말 싫어!

히바리* 것도 있는데!?

와 아버지 저도 데려가 줘요!

　정말 못 말리는 아이야.

정말 못 말리는 녀석이야.

이런 이런 벌써 7시가 넘었잖아. 여보,

빨리 돌려봐!

아니야 아니야 NJB NJB**

그렇지, 도라조가 나온다!***

---

* 　미소바 히바리를 말한다.

** 　NJB는 신일본방송의 약자다. 현재는 마이니치방송으로 이름이 바
　　꿔었다.

*** 　히로사와 도라조(広沢虎造)는 나니와부시(浪花節)를 불렀던 가인이
　　며 배우였다. 나니와부시는 전통 현악기 샤미센의 반주에 따라 서사
　　적인 내용의 이야기를 가창과 말로 전달한다. 본래 거리 공연에서 시
　　작되었으며, 메이지 시대 초기에 오사카에서 형식이 정착되었다.

이카이노 이번지

내 도피는

여기서 완전히 끝났다.

익숙해지지 않는 짐 무게에 눌려

새로운 땅을 지나간 것까지는 좋았는데

이 십간도로* 분류와 만나면

모든 것이 정지된다.

횡단보도 교통신호기가 없으면

쉽게 건널 수 없다.

또한 교통신호기가 없으면

빠져나올 엄두도 안 난다.

양발로 버티고

겨우 핸들을 지탱하고 있다.

내 건너편.

확인한 시그널 뒤로

뻗어 오르고 있는 것 같다

거대한 굴뚝.

---

* 폭이 18미터라서 십간도로라 불린다.

화장터.

붉은 벽돌의 입을 물들이고

섣달 하늘로 아주 가늘게 연기가 피어오른다.

한 뭉치처럼 보이는 흐름 속을

새삼스레 되살아나는 지점.

이카이노猪飼野* 입구에 당도하기 위해서는

내가 아니라 해도

필사적인 종鐘이 필요했던 것인지도 모른다.

행동범위가 정말로 좁은 내게 『일본풍토기』라는 제목은 꼭 적절한 테마라고 단언할 수는 없을 것이다. 하지만 일본에서 살고 있다는 사실을 자칫하면 우연에 의한 일로 끝내기 쉬운 우리에게는 어쨌든 이 정도의 과장스러운 자세가 필요하다. 말하자면 내가 일본에 사는 한, 이는 내게 부여된 과제라는 의미에서다. 그런 만큼 나로서는 자신의 창작 활동과 일본의 현대시 운동 사이의 결속을 더욱더 신경 써야만 한다. 조금도 '조선인'이라는 특수성을 내세울 마음가짐은 없으므로, 바라는 것이 있다면 이 시집도 일본의 현대시 운동이라는 선상에서 읽어줬으면 한다. 따라서 인정사정없는 비판을 해주는 지인이 있다면 정말로 다행스러운 일이다. 조국 조선으로 돌아가는 날, 그 비판을 자신의 성과로서 가지고 돌아가고 싶다.

이 시집은 『현대시』 편집부의 조력과, 고쿠분샤國文社 사장인 마에지마 고시前島幸視 씨의 호의에 힘입어 첫 울음소리를 낼 수 있었다. 재작년 첫 시집이 그랬던 것처럼 이번에도 예외 없이 많은 지인과 선배를 괴롭히고 말았다. 특히 구로다 기오黒田喜夫, 강민성康敏星, 하세가와 류세長谷川竜生를 비롯한 제형諸兄이 기울인 노력은, 일면식도 없는 내

책의 장정을 맡아주신 요시나카 다이조吉仲太造 씨와 함께,
내게는 오래도록 잊지 못할 은혜다.

또한 수록된 작품은 지난 6월 말까지 40여 편 가운데
28편을 골랐고, 나머지 3편은 『지평선』에서 다시 수록했
다. '한국'이라는 격절된 세계에서, 외동아들인 내 보살핌
을 전혀 받지 못하고 돌아가신 아버지께, 애오라지 이 옅
은 사랑이나마 담긴 시집을 바친다.

1957년 10월, 아버지의 부고를 받은 날

오사카 이쿠노에서

저자

미간행시집

일본
풍토기
II

1,
익숙한 정경

카멜레온의 노래

나는 시간을 홉으로 잰다.

마대자루와 같은 몸통에서

어제와 오늘의

잊힌 날들을 하나하나 부르고 살 수는 없다.

여자만 해도 한 다발은 있었다.

그것도 중량으로만 친다면

방출한 정액은 몇 홉 몇 합이라 해야 할 것이다.

정확히 말해

내 과거는 몇 말 정도일까?

퍼내지 못한 채로 방치된

공동변소처럼

종종색색의 기억이

이 좁은 두개골 안에 군웅할거 한다.

일국一國 일성一城의 주인만 가득한 가운데

내 중심이 제대로 추축抽軸을 통과할 리 없다.

내가 완고할 정도로

어떤 하나의 자존심에 집착하는 것은

내 뇌수의 내부가 그렇기 때문이다.

만약 그것을 저울에 달아본다면

보잘것없는 두부의 집합은

원자핵의 그것보다 무거울 것이다.

융통성이 없어도 심하게 없다.

하지만 나는 그것으로 이 길에서 천재가 되기도 했다.

아무런 모순도 느끼지 않기는커녕

조금의 고통도 없이

전혀 다른 곡예를 동시에 해치운다.

나는 청교도이며

수욕주의자獸慾主義者이다.

베아트리체*를 사랑하면서

스트립쇼를 하는 여자 배꼽의 넘실거림에 또 다른 가슴
이 탄생한다.

나는 공산주의이며

자본주의자다.

---

* 　단테가 사랑하여 이상화한 여성

무리해서 "자본론" 등을 장식했지만

여전히 돈 버는 방법을 차분히 음미한 적은 없다.

적어도 아카하티赤旗* 방식의 직분으로

백주에 당당히 권총 두 자루를 허리춤에 늘어뜨리고

술집에 죽치고

은막을 뚫어서 막힌 속을 뚫는다.

게다가 내 취미의 범위는 넓다.

눈이 핑핑 돌 정도의 노동을 하며 나는 소음을 좋아하는

동시에

우아한 적막을 필요로 한다.

그걸 위해서라면 없는 돈을 몽땅 털어서까지

남 못지않은 문화인이 된다.

기름기 없는 위장이라도

커피는 블랙으로 마셔야 한다.

그리고 서서히

첫 몇 소절만으로도 족할

---

* 일본공산당의 중앙기관지다.

엘피LP*를 소망한다.

가늘게 뜬 눈에

걱정 없는 동포의 모습이 비추면

그 순간 버릇없는 조선인이 싫어진다.

난 뛰쳐나온다.

행상 할머니와 만난다.

난 화가 난다.

넝마주이 할아버지와 엇갈린다.

나는 의분을 느낀다.

내 걸음은 빨라지고

옷깃 언저리부터 차츰 붉게 물들어 간다.

그리고 난 인민공화국 공민으로서 으스댄다.

미국을 싫어하는

한국을 싫어하는

이승만을 싫어하는

민단을 싫어하는

---

*   LP판.

일본을 싫어하는

이로써 마침내 제대로 된 민족주의자가 된 셈.

○

이런 내게

회의에서 통지서가 날아들었다.

〈우리는 로봇 일족을 대표하는

　조선총련의 집행위원이기도 하다〉

집사람에게 시간을 묻자

오전이라고도 오후라고도 했다.

난 몹시 성가신 채로

늘 하던 습관대로 그저 밥통胃에 의지해 나갔다.

회장에는 상임위원 등의 높으신 분들이

슬로건을 내거는 것에 여념이 없었지만

"아마 오후 2시겠죠"

라는 이야기.

"몇 시부터 하는 회의입니까?"

"통지해드린 대로 오전 열 시부터입니다.
 다만 이 시계는 멈춰있지요"

○

조선총련의 시계는

아홉시였다.

멈춘 시계 아래에서

나는 생각했다.

오후 두 시가 되면

뱃속은 텅텅 빈다.

우선 이 식탁에 가득 찬 밥통님께서 용서치 않으신다.

난 배를 어루만지며, 어루만지며

일어섰다.

움직이지 않는 시계 아래에서

오후 두 시가 되기를 기다리기 위해.

종족 검증

길모퉁이를 도는 것으로
그와 나의 관계는 결정적인 것이 됐다.
두 정류장 앞에서
버스를 버린 것도
직각으로 휘어진
이 각도의 경도硬度를 알고 싶었기 때문이다.
이상할 정도로 뒤틀린 눈이
강철 이상의 강인함으로
본래 있던 직선으로 튀어 올랐을 때
나는 조용히 걸음을 멈추고
우선 오른손에서부터 서서히 사지수四肢獸로 변해 갔다.
그 자식이 개이기 위해서는
그 이상의 엄니를 내가 갖지 않으면 안 된다.
적어도 개에게 당하는 인간이 아니라는 증좌로
나는 무언가를 저지르지 않으면 안 된다.
그래, 이놈을 내 카스바55로 유인하자!
게다가 나는 요즘 계속 공복이며

무엇보다 일본에까지 와서 궁지에 몰린 청춘에 이제 넌
더리가 난다.

공복. 오직 양으로 해치워 온 나인데, 공복이 웬 말일꼬?!

저 새우등을 한 의사 놈

이상한 엷은 웃음을 지어대더니 "일본인만큼 하는군!"

이라니!

젠장.

잠재성BI결핍증56에 의한 다발성 신경염이란 즉 무엇
인가,

미즈호의 나라瑞穂の国* 백미를 과식했단 말이겠다?!

그럴지도 모르지!

내가 발육기였을 때 조선에 쌀이 없었던 것만은 사실이다.

그런데 그게 어쨌다는 것이야!?

원래 육식의 습관이 우리들에게 없었던 것이 더욱 문제
가 아닌가!

나는 또 다른 길모퉁이를 돌았다.

---

* 일본을 아름답게 부르는 말이다.

그리고 등을 돌리고

지금이라도 멈출 듯한

놈과의 거리를 좁혔다.

내게 어제까지

그곳의 길모퉁이는 내 흔적을 감추기 위해서만 존재했다.

그러므로 내 진보와 도망이라 함은 언제나 샴쌍둥이다.

어느 한쪽을 잘라내는 것은

양쪽 다 죽이는 것이 된다.

그렇지.

놈이 덮치는 지근점至近点에서

나도 동시에 그쪽에 뛰어들면 된다!

내 반생이 그랬던 것처럼

내 여생도 꼭 그러하리니.

내 연명은 언제나 변전變轉하는 찰나에 속임을 당했다.

어떤 일도 오늘 시작되지 않았다.

나는 서서히

놈과의 시점視點을 마주한 채 좁은 통로를 지나가기 시

작했다.

　놈의 보행이 멈췄다.

　몸을 반쯤 젖히고 상체가 구부려졌다.

　질풍에 부채질한 듯이

　나는 공중제비를 돌며 외쳤다.

　"개다!"

　기름내 구린 봉당이 전부 일어섰다.

　놈은 나를 덮치듯이

　친애하는 동포에게 추궁당했다.

　실로, 친애하는 동포에게!

　기름과 마늘과 사람들의 훈김 가운데

　나는 당연한 보수를 기다리며 말했다

　"여름엔 역시 개장犬汁이지요……!"

　사발을 바꾸던 아주머니가 의아한 듯 말끄러미 나를 봤다.

　그리고 돌아보며

　"아저씨 이 녀석도 개라고!"

　모든 청각이 끊겨

말뚝 하나에 묶여

놈의 집요한 집념에 웅크렸다.

조건은 털끝 하나 변하지 않았다.

사지의 대부분이 꺾인 채로

놈이 무릎걸음으로 다가와서 말한다.

"외국인등록을 내보여라."

"등록을 내보여라."

"등록을 내보여라."

나는 순순히

대답하며 말했다.

출생은 북선北鮮이고

자란 곳은 남선南鮮이다.

한국은 싫고

조선은 좋다.

일본에 온 것은 그저 우연한 일이었다.

요컨대 한국에서 온 밀항선은 일본으로 갈 수밖에 없었
기 때문이다.

그렇다고 해서 지금 북선으로 가고 싶지 않다.

한국에서 홀어머니가 미라 상태로 기다리고 있기 때문
이다.

심지어 심지어

나는 아직

순도 높은 공화국 공민으로 탈바꿈하지 못했다!⋯

아저씨의 적당한 장작나무가

놈의 힐문을 끝냈다.

일격一擊,

이격二擊,

삼격三擊

째가 내 정수리에 박혔다.

울타리 같은 뒤뜰에서

창백한 태양이 세 개고 네 개고 미친 듯이 춤췄다.

먼 이명耳鳴처럼 되살아나서 오는 매미의 윙윙거림.

분명히 내가 납죽 엎드린 것은

읍내 먼지가 폴폴 나는 큰 거리다.

총개머리가 삭거削去한 도랑가 단면에

굵은 지렁이가 번들번들 땀을 번지게 하며 몸부림치고
있었다.

"이놈은 빨갱이走狗 중에서도 잔챙이야! "

코앞에서 유창한 조선어를 구사하고 있던 GI구두가

내 턱을 걷어챘다.

그늘을 얻은 지렁이가

내 목구멍에서 오래도록 약동躍動을 늦추고 있다.

"이 개는 아무럼 그렇지"

잔챙이구만, 아무럼 그렇지, 잔챙이구만, 아무럼 그렇지,
잔챙이…구만…

조수가 빠지듯이 시력이 멀어졌다, 목소리가 작아지고,
얇아지고,

낱알이 돼 사라졌다…….

파르께한 태양의 난반사에 춤추는 종족불명의 등록증!

이빨의 조리條理

(난 쥐 공을 기르고 있다.)

이건 비밀이네만.

둥그런 유리

용기에 넣어

지중 밑에서

놈들이 갑자기

야단법석을 떨 때야말로

난 이 놈들에게

향응을 더 분발해 베풀었다.

아직 틈새는 있지만

머지않아 이 녀석은 살이 찌겠지.

이윽고 그 이빨이

마음껏 길어질 거야

우후후후후.

호랑이와 닮았으면서 닮지 않은

고양이 놈!

  (하지만 사자마저

  이제는 뉴욕에서 우리 안에서만 태어난다고 하는
데……)

이 녀석

단 한 번이라도

잡아온 쥐로

집의 식량을 축내지 않은 적이 있는가?!

그 사실을 눈치 챈 것은

얼마나 축복일까.

그래서

내 생활은 크게 변했다.

우선 쥐 공 무리에게

조정을 청했다.

겁내지 않도록

매일 없어지는

그만큼

제대로 된 향응을 배당할 것을

확약한다.

또한

내가 보장한 침식을

이 유리 용기에서

하도록 한다!

무사 평안한 일생.

서로 보장된

평화!

이제

고양이를 풀어놓는 시대가 아니다.

모든 것은 의논을 해서

직접 계약한다.

그 잉여로

그대는 이빨을 기른다.

고양이는 배가 골아

본성에 눈을 뜨고

나는 천천히

협약에 따른 보복을 마음껏 즐긴다.

용기는

둥글다.

배당받는 녀석은

도망갈 길이 없다.

나는 갉아먹는다.

둥근 지구의

표피를 갉아먹는다.

 (삼십 년 갉아먹어서

  내 치아는 아직도 일 센티 될까 말까!)

이 자신감.

용기는 둥글다.

지구가 둥글다.

사육되는 것은

이 몸이 아니올시다.

그대다.

그대다.

나는 쥐 공을 기르고 있다.

쥐 공이

용기 안에서 돌고 있다.

돌고 있다.

대기권 밖은커녕

대기권 안에서

내 용기 안에서 돌고 있다.

나는 서 있을 뿐이다.

나는 보고 있을 뿐이다.

우리 사이에는

'협약'이 체결되지 않은 만큼

아직 그대가 들어갈 용기가

닫히지 않았을 뿐이다.

도저히 당해낼 수 없다.

도저히 당해낼 수 없다.

　(지구가 너를 사육하고 있다.

　이건 절대 지켜야 할 비밀 이야기다.)

노동 승천

바로

이제 막

난 열한 명째의 한패를 떼어놓은 참이다.

놈처럼 안달해대서는

기껏 이정목ㄷㅜㅌ*까지도 못 간다.

길모퉁이나

그렇지 않으면

안전지대에 올라서

그곳의 누군가를 길동무로 삼는다.

어떤 놈이

부서질 것인가.

그 용모부터

어제

입에 물고 있는 엿 국물을 떨어뜨린

옷의 자국까지

놈의 비상한 채비는

---

* 　정목. 일본 시가지의 단위이다.

내가 제대로 준비하고 있다.

나는 여기에서 이렇게

열세 시간이나 계속 앉아서

이 전근대적인 메이드인재팬에

내 분신 하나하나를 짜 넣었다

축축한 골목길

기름이 스며든 떠들썩함과 쇳조각 가운데

내 청춘이 이유도 없이 야위어갈 때

자주포가 된 왕성한 울분이

끊임없이 거리 한가운데에 처박힌다.

하루에 수십 명이

내 손에 걸린 망령이 거리를 메워간다.

이놈들이 힘이 되지 않게 만들기 위해서라도

난 결코 누군가 특정해서 노리지는 않는다.

다만 죽인다.

그걸 위해서만

이 시대가 걸린 영역의 봉당에서

손으로 돌리는 미싱의 핸들을 끼고 있다.

이제 이십이 시時다.

최후의 본체를 들어 올려

체인을 걸고

래크*라고 하는 작은 체인을 건다.

손잡이를 돌리자

8자 모양으로 톱니와 퇴가 맞물리고

손으로 돌리는 미싱의 도르래가 돌아가게 고안돼 있다.

적어도

내 반달 돌리개 하나가

반공동맹의 일대 집대성을

일본의 영세기업의 진창 속에 묶어 놓고 있다.

이것을 필요로 하는 것은

활모양 형태의 힘의 접점에서만이다.

---

*   맞물린 톱니바퀴.

터키, 이란, 파키스탄*,

그리고 타이완, 한국**과

여지없다.

재빨리 커버 속에 밀어 넣는 찰나

물어뜯는 민중이 보인 여지를 완전히 없앤 채로

가장 튼튼한 상자 속에 봉인된다.

지체 없이

박히는 쇠못.

쾅쾅쾅쾅쾅쾅…

검고 윤이 나는 머신건에 몸을 젖히는

용의주도한 종족들.

맥심 엽총으로부터 이미 80년.

이제는 방아쇠 하나로 통제해서

그 얼마나 멋지게 낙차의 대열을 만들고 있는지.

———

*   1959년 3월 5일 터키의 수도, 앙카라에서 맺어진 미국과 터키, 이란,
파키스탄 사이의 상호 방위 협정을 말한다.

** 이승만과 장제스가 1953년 11월 28일 발표한 아시아 반공동맹을 뜻
한다.

우리에게 오토매티즘을 알려서는 안 된다.

그것은 총부리의 위압을 무시하는 짓이다.

심지어

이 몸의 빵과 특기가 없어지게 된다.

오오 내 분신이여!

출발한 곳이 어디인지를 불문하고

이 핸들을 쥐는 모든 인간을 죽여라!

이 후진성을 비웃는 인텔리도

함께 죽여라!

그것이 습지대에서 목숨을 이어가는 망자들

의 단 하나의 판로다.

이십 세기 후반을 구별하지 못하는 자에게

이 살육은 딱 맞는 자신감과 영예를 보장한다.

예를 들면

이렇다.

산뜻하게 옷을 갈아입은 이 몸은

삼십 분 후에 이곳을 나왔다.

텅 빈 도시락의

그 이상한 재롱을 신경 쓰면서

길모퉁이를 지나갔을

때다!

놈의 멋진 변신은

덤프트럭을 탄 채로

눈 깜짝

할 사이에

나를 승천하게 했다

이것으로

열두 번째의 한 패가

나와 나를 대신해서

그 조립공장의 마무리 공정에

올려졌다.

이 손잡이가

적어도 그 덤프트럭을 꿰뚫는 발칸포가 되지는 않을까

하고

수평으로

손잡이를 본떠서

이와 이를 맞물리는 이미지에

스스로 만족하는

창조자를 본다.

구멍

건너편 강가가

노랗게 되자

사내는

반사적으로

왼쪽으로 이동했다.

엇갈리는 찰나에

시영市營 전차가

스파크를 튕기며

앞쪽은

푸른색으로 바뀌었지만

갑자기

사내는 사라졌다.

안전지대safety zone*를 내려간

사내의

또 다른 이유는

_____

*   도로 중앙을 달리는 시영 전차의 승객이나 도로를 횡단하는 보행자
의 안전을 꾀하기 위해 도로에 만들어진 안전지대를 말한다.

아마도

나와

표리관계일 것이다.

기다리다 완전히 지친

자가

발길을 돌린다.

저기다.

가로등

남은 등불에 비쳐져

손이

꿈실거린다.

그가

필사적이라면

맨홀의

뚜껑을 훔쳐간 놈도

필사적이었다.

막차는 하나.

사는 것의

상극을

도보로

한쪽 다리를 꺾고

나는

계산한다.

건너편 강가가

파랗게 변하고

전차가

바로 앞에서

잠시 멈춰 설 정도의

여유가

없는 한

나는

그를 돕지 않는다.

요즘 세상에서 최저의

가격.

십삼 엔으로

적어도

사 킬로 반의

거리를

나는 지금부터

가야만 한다.

어쩌면

발길을 돌렸을 때

숨을 죽이고 있던

녀석이

단숨에

이곳을 달려서 빠져나간다면 어쩔 테냐.

영원히

세이프티존에

내내 서 있는

나.

그것이야말로

구멍이다!

목격자

나를 검거할 것까지는 없잖아.

내가 아직 무언가를 알고 있다고

말하지 않았으니까

오늘 조간신문이 전했던 만큼의 범위의 정보뿐이며

그 현장을 엿봤다고는 해도

녹음된 뉴스로 약간 안

정도에 지나지 않으니까

그러니 이제 나를 그만 뒤쫓아!?

그러니 이제 나만은 때리지 마!?

내게는 아내도 있고

더구나 자식도 있잖나?

어쩔 수가 없잖아.

그 혹독했던 조선전쟁 때도

나는 조용히 살아왔단 말이지

크와왕 제트기가 날아오를 때마다

나는 단념하고 귀를 틀어막았어

정말로

눈을 찔끔 감았지
게다가 당신네들이 죽도록 밉다고
한 적도 없어
그러니
그러니
그렇게 화내지 마시게
그렇게 철모로 박아대면 곤란해
그렇게 곤봉을 휘두르면
아프지 않나
나는 아직 아무런 말도 하지 않았잖아
그렇게 그렇게 목구멍을 조르지 말아줘
부탁이야 부탁이야
나는 정말로 정말로
아는 것이 하나도 없어……
………………………

이걸로 되었나?

목면과 모래

내가 얕은 잠에서 깨어난 것은
칠월 새벽하늘이 밝기 전이었다.
이제 만들어지기 시작한
섭씨 칠천도 고온이
내 잠을 더욱더 얕게 만들었다.
이건 참을 수 없는 일이다.
뇌저腦疽에서 그을린 수은주가 팽팽한 유리창 하늘로.
머리카락이 섰을 때
그 열기 속에 기화돼 가는 자신을
나는 명확히 의식했다.
하지만 신기하게도 유서를 쓸 기분은 들지 않았다.
조선전쟁에서 반쯤 삶아진 의식이 소화하는 것은
안성맞춤인 황야와 열기일 것이다.
끝없이 계속되는
모래땅
기복
의 촉감과 흰 색깔.

내가 키운 목면과 깔개가 그곳에 있다.

더욱 상승해 가는 태양이

끝없이 넓은 모래땅을 볶음 냄비의 바닥으로 변화시켰
을 때

캘리포니아대학 방사선 연구소의

수소폭탄 평화이용을 위한 핵 열처리는 볼 만하다.

천만도의 고열조차

수소폭탄 융합반응에서 동력을 만들려면

아직도 지금의 열 배가 필요하다고 한다.

그래. 아메리카여.

자네의 아직 부족한 열기에

내가 가진 자그마한 열기는 어떤가!

－1958.7.18.

홍소

나는 그것이
신기루 탓인지 어떤지는 알지 못한다.
어쨌든 낙타를 물고 늘어졌다.
기름 볶는 듯한 열사熱砂의 뜨거움 속에서
그런데도 나는 칼을 놓지 않았다.

이미 장의 점액조차 다 말라버린 것 같다.
엎드린 귀 아래에서
낙타의 혹이 맑은 물을 샘솟게 한다.

그런데도 나는 놈을 죽일 수 없다.
갈 길도 명확하지 않고
그 전에 내가 왜 초도 속에 내몰렸는지를 생각해야만 한다.

── 멀어지는 기억 속에서
   훨씬 전에 번뜩이고 있었을 섬광이 아직
   중천에 걸려 있다. ──

나는 바짝 말라 버린
혹 뒤에서 미라가 되는 것인가?
혼신의 힘을 다 짜내
칼에 내 최후의 소원을 맡겼다.

낙타가 긴 목을 비틀어 구부렸다.
그러더니 웃었다.
"우후후후.
이곳은 과거 벨기에령 콩고랍니다!"
도대체 그게 어쨌다는 것인가!!
지구 전체가 땅으로 다 이어져 있기라도 한 것인가?

부탁이다 낙타여.
죽지 말아다오.
그 어떤 벽지라도 좋다
이런 나를 날라다오.

뽑은 칼의 상처에서
한차례 와 하고 홍소가 터졌다.
이것이 중천에 메아리쳐
킨킨 내 고막을 울려댔다.

변경의 주인이 웃고 있다.
거대한 검은 몸을 흔들면서
야만인이 큰 입을 벌리고 깔보고 있다.
낙타는 움직이지 않는다.
나는 어쨌든 물이 필요하다.

그 후에 살아남은 기억을
나는 누구에게 요구하면 되는 것인가?

밤의 자기磁氣

심야.

늘 섬광을 내뿜는 집이 있었다.

지나가는 길에 고개를 돌렸는데

이내

정면 계단 위 한 가득

내 그림자가 새겨졌다.

지글 지글 지글

우기를 포함한 어둠을

막대기와 같은 전류가 날뛴다.

내 뒤에

녹아서 굳은 것은 무엇인가.

운하를 지났지만

이상하게도

그때 느꼈던 인기척이

여자였다는 기분이 들어 어찌할 줄 모르겠다.

바다의 기아

큰 도회의
소화기관 앞에서
당신과 내가
대치된다.
──이것은 이제
　내 의사가 아니다.

빨려 들어가는 측에 있는
나와
토해내는 측의
당신과의 만남이
왜 이렇게 고통으로 일그러져 있는가?

──그 사이에도 당신은 용감한 역류를
　두 번이나 해치웠다.

움막 하나 안에서

변비와도 같은 생활이 교착되고야 말 때.

노출된 상태로의 내장이

소리를 내며

구토를 시작한다.

──당신의 결사적인 탈환이

　돌절구 정도의 골반을 흔들며 정점에 도달한다.

급속히 거리가 벌어지는

동족 간의 결합점.

가해자 편을 든 무력한 목격자가 벌벌 떠는 것은

바로 이 정도 거리에서다.

──당신은 닫히는 문에 기대서

　"내놓아라── 내놓아라──"하고 외친다.

자아, 이것이 내 내장이다.

어질러진 흰쌀 위에

내던져진 고무장화.

박힌 구두. 내리꽂힌 우산, 우산……

손톱을 세운 목격자인 내가 너덜너덜하게 짓밟혀

끝없는 양극을 편력하기 시작한다.

……나는누구에게,무엇을,뭐라고외쳐야한단말인가?!

준족의 디젤자동차가 있다 해도

전차가 바다를 가로질렀다는 뉴스를

나는 아직 들어본 적 없다.

다만 진창의 기아가 꿈꾸는

망망한 발아發芽가

차창을 스쳐가며 쭉쭉 퍼져간다.

이것은 실로

바다다.

나의 성性 나의 목숨

백악기의 최후를
그대로 감추고 있는
빙산은 없는가!?
단절의 찰나에 정신이 번쩍 든
공룡의 뇌파를 채집하고 싶다.
홀연히 모든 종족이 끊어진
결벽한 임종에도
구심성발기신경求心性勃起神經이 움직였을지
나는 알고 싶다.

시계視界를 스쳐
넘실거리고 구불거리는
한 마리 고래.
바야흐로
옆구리 지방을 꿰뚫고
작살의 탄두가 작렬한 순간이다.
사지도

표정도

이천만년의 생존을 대신한

이번 생의 화신이

뱅그르르 고무와도 같은 새하얀 배를 보이고

빤히 보면서 내 안저眼底에 표착할 때까지.

휘익

펼친 로프에

영겁

질름질름 울혈鬱血하는 것은

의형 김金이다.

스물여섯 생애를

조국에 건

사지가

탈분할 때까지 경직돼 더욱더 불룩해진다.

"이런 씨, 꼴같잖게!"

군정부가 특별히 허가한 일본도가

예과연습생*에서 출세한 특별경비대 대장의 머리 위에
서 활모양을 그렸을 때
의형은 세계와 연이은 내 애인으로 변했다.
엇베인 음경의 상처에서
그렇지. 난 봐서는 안 되는 애인의 첫 월경을 봐버렸다.
가스실에서 갓 나온
상기된 안네의 넓적다리 사이에 낮게 깔린 안개.
흘러내린 바지** 위에 얼룩겨
제주도 특유의
뜨뜻미지근한 계절풍에 용해돼 갔다.

매달린 남자여.
매달려진 남자의
성 발기의
무엇이

---

*   구 일본 해군의 소년 항공 요원 지망생.
**   [원주] 목면으로 된 옷자락이 넓은 조선의 옷.

꼴같잖단 말이냐!

통상적으로

살아가는

생명은

다르게

꿋꿋이 살아가는 생명에

떨고 있던

너의

너는

거기에 없었던가!?

괴로워 기절한 끝에

열 자가 넘는 그곳을

드러내놓고

남극의 빙해에

위를 보고 드러누워 있다.

오오

고래여!

오열하지 않는 자네의 죽음을

나는 뭐라고 불러야 한담

모든 것이

정적과

환희와

홍소 가운데

사람은 그저

그 종언만을 지켜봤다.

바야흐로

복부에 펄쩍 뛰어오른 남자가

내 안저에서

가장 먼저 잘라 낸 것은

이것이다!

"기름조차 안 돼!"

커다란 소리와 함께

빙산이 흔들리는 극지에서

뜨거운 피를 들끓게 한

생生의 사자使者가

지금 운집한

수백억의

플랑크톤의

경관 한가운데로

돌아간다.

2,
밝힐 수 없는 거리의 깊이에서

두 개의 방

열쇠를 주세요.
임종의
어머니가 계십니다.

이걸 열어주세요.
닫히지 않는 눈은
열린 채로입니다.

한 시간 거리의
바다에 가로막혀
바짝 말라 버린 엄니가 말합니다.
우두커니
천정을 우러러보며
그저 기다리고 있을 뿐인 자식이 있답니다.

관리인이 없는
텅 빈 방에서

아까부터
전화가 계속 울리고 있습니다.

누군가의 다급한
마음이
밤을 찌르며
절규하는 겁니다.

아침이 되면

따로따로 엽시다.
미라가 된 엄니를
햇볕에 비추어
열쇠는 하나였다고
당신에게 고합시다.

열쇠 하나가 내려오는

방 두 개에서

조선이라는 두 글자가

그대로 남은 채

엄니와 아이가 결별을 합니다.

먼 오열에 휘감겨

두 개의 방은

닫힌 채로입니다.

62.2.2

유품

자네가 부순 것이 아니야.
부서진 것이 내 손에 있다.

표지가 구겨진
일기 깊숙한 곳에
깊이 간직돼 있던 것.

종이 한 장.

정성껏 붉은 선을 긋기만 한
서른 생애가 엿가래처럼 늘어져 있다.

피골이 상접한 몸에
조국으로 가는 길은 그렇게나 멀었던가.
"정말로 빨리 돌아갈 수 있으면 좋겠어."
남일南日 외상의 성명문을 한 구절 한 구절 잘라가며
중얼거렸던 것은

자네였던가? 나였던가?

흰 천이 씌워진 앞가슴을 스치며
안심한 듯 졸고 있는
누이의
여윈 뺨 언저리.
겨울 빛 한 줄기가
커튼을 뚫고 도달했다.

비와 무덤과 가을과 어머니와
아버지, 이 정적은 당신의 것입니다

땅을 살 돈이 없어서
공동묘지에
묻었다.
아내여.
무덤이 젖는다.
무덤이.
아버지의.

집은 늘어서도
옴폭옴폭
어머니는
그 안에 눕는다.

살아 있는
미라.
오 이 나라(남조선)는
그 얼마나

멀리까지 내다보이는
무연고 무덤인가.

어머니여.
산이 부옇게 흐립니다.
바다가 부옇게 흐립니다.
그 아득한
너머가
들판입니다.

개를 먹다

비 오는 날
개를 먹었다.
훌렁 벗긴 눈알 그대로를
껍질을 벗긴 목을
비틀어 떼서
울상인 아내를 재촉해
내깔기며
사등분한
몸통을 삶았다.
조선인 손님을 받는 푸줏간이
니시나리西成 변두리에서 가져오는
영양의 원천.
마누라가 도망친
친구를 둘러싸고
환갑을 넘었는데
여전히 강건한
그의 아버지를 맞이해 배터지게 먹었다.

개는 개의 뼈를 먹지 않는다고 하는데

정말인가요?

맞아. 얼마나 똑똑한지. 게다가 묻어주기까지

한다는군.

한바탕 바람이 분다.

입에 넣고 있던 것을 기와지붕에 버렸다.

왁자한 빗속을

뼈는 씻기고 두드려지고

물받이 밖으로 넘친 물이

반대로

줄줄 뒤편의 수챗물로 떨어지는 것을 봤다.

태풍이 접근한다는 소식이 있던 날.

개를 먹지 않는 개를

우리가 먹었다.

밝힐 수 없는 거리의 깊이에서

두 장의 부전지와

세 줄의 붉은 선에

심상치 않은

한국 제주도 우체국에서 보낸

항공우편이

하나의 집념인 듯

동체착륙의

사나운 형상으로

도착했다.

염천 아래에서

비춘

젠테全遞* 동지의

손에 땀이 번진

하도롱지 봉투를

연다.

---

* 　全遞信労働組合. 1946년에 체신성(遞信省) 노동조합으로 결성된 전
　　체신종업원조합의 후신이다.

이것은
한국산
관이다.
엎드려서
옻을 먹고
산 채로
미라가 된
어머니의
칠십여 년에 걸친
고별의 편지다.
갱지
지질紙質에 밴
냄새여.
망실된 고향의
망국의
그늘이여.
거북이여.

외침이여.

묘지기가 될 수 없어

갈퀴덩굴이

뒤덮는 대로 내버려둔

아버지의

뼈의 아픔만을 호소한

어머니여.

마음은 저주에 가까운

포학함과 압제의 땅에서

살아갈 수 있는 자의 증명을

나는 당신에게 재촉당한다.

예루살렘의 먼 거리에 조급해지며

초토 지옥에

납죽 엎드린

유대인만이 알고 있는 거리에

몸부림친다.

멀다.

끝없이 멀다.

달을 향한 길이 열려도

거리를 궁구할 수 있는 날은

영원히 오지 않으리.

어머니여.

바싹바싹 마른

한국에서

미라가 된 어머니여.

우주궤도로부터 본 지구는

마리모*처럼 아름답다.

참으로

당신에게 안겨 있었던 날들은

아름다웠죠.

불모의 한국을 안고

움직이지 않는 어머니의

한밤중.

---

* 담수성 녹조류의 일종.

언젠가 부화할

때 묻지 않은 푸름을 바친다.

어머니의

저주와 사랑에 얽힌

변전하는 땅에서

요격 미사일에 쫓기는

비행기 모습처럼

아버지의 고향

원산을 생각한다.

외아들에게

내버려지고

또한

돌아오너라 하시지 않는 어머니

세상의 소금을

설설 기며

핥는다.

1961.8.14. 밤.

이른 계절

이곳에는 단풍 든 잎도 없다.
이곳에는 벌레도 울지 않는다.
해 뜰 무렵
터무니없는 재채기에
나는 깨어난다.
러닝셔츠를 입고 있는
애송이 하나.
어깨를 옴츠리고 돌을 찬다.
부모가 나간 후
해도 넘쳐 나지 않는
이슬 길에서 한때.
하나코花子가 놀아주는 것은
한참 뒤다.
한참 지난 유행가를 크게 부르며
저 홀로 무료함을 달래는
애송이.
문득 기침을 하며

그때마다 노래가 바뀐다.
그렇게 많은 노래를
누가 가르쳐줬니.
애송이야.
네가 알아채지 못한 것은
없단 말이냐.
이렇게나 넓은 세상에서!

가을밤에 본 꿈 이야기

여행을 모르는 내가
꿈을 꿨다.
도카이도東海道*를 거꾸로 탔던가
아니면 산요선山陽線**을 종으로 타서
우라니혼裏日本***으로 갔던 것인지
나는 모르겠다.
모두 태워버릴 것 같은 뜨거운 사막이
모두 차가워졌던 것이다.
이제 그곳에는 노래 따위는 없다.
때때로 바다에서 세차게 불어오는 열풍에
모래가 작은 주름을 잡는 정도다.
가시 철사가 완전히 녹슬어서
그토록 소란스러웠던 착탄지에도
사람 한 명 찾아보기 힘들다.

---

*   도쿄에서 교토까지 해안선을 따라 나 있는 길을 말한다.
**   효고현에서 후쿠오카까지 이르는 철도다.
***   혼슈 중에서 동해에 면한 지방을 일컬음.

모든 것이 되는 대로였다.

뿌리가 얕은 모래땅 풀에 앉아서

찬찬히 응시하고 있다가

나는 떠올렸다.

와본 적은 없지만

그래도 잘 알고 있다

바로 우치나다ウチナダ*라는 곳이다.

음! 어미들은 아직 살아 있을까?

어묵 모양의 막사를 내려다보는 사이에 변덕이 심한 나는 이미 후지산 기슭에 서 있다.

당장이라도 단풍과 함께 살고 있지만

넓디넓은 참억새가 일렁이는 것도 나쁘지 않다.

천연기념 식물 지대인 이곳 A지구에

거적으로 만든 깃발과 붉은 깃발이 죽 늘어서 있던 것은

---

* 이시카와현(石川県) 우치나다(內灘)를 말한다. 이곳에는 모래언덕이 있으며 1952~57까지 미군이 접수했다. 우치나다투쟁이라는 반(反) 미군기지 투쟁이 벌어졌던 곳이다.

분명히 올해 5월이었지?

참으로 빠르다.

이미 가을이 오고 꽃이 시들어간다.

갑자기 으스스 추워져서

뒤를 돌아보니

모토스本栖* 포좌砲座에

의젓하게 어네스트존**이 앉아 있다.

나는 무서워져서 엇나간 찰나에

중요한 스나가와마치砂川町를 빠뜨리고 말았다.

분하다.

눈을 뜨고 겨우 안 것이지만

귓전에서 시끄럽게 맘보가 울린다.

정체는 바로 이 놈이다.

그렇다고 해도 힘을 줘보지만

---

* 　모토스는 후지산 인근의 모토스 호수를 말한다.
** 　어네스트 존(Honest John)은 미국 최초의 핵 공격이 가능한 지대지 로켓을 말한다.

과연 무엇이 맘보였던가?

다음은 차차차가 유행할 모양이다.

겨울

시계를 확인했으면서도 눈이

아직 졸립다.

지축을 흔들며

고가선高架線을 힘차게 달리는 사람도 있다는데

나는 아직 일어나서 나갈 필요성을 느끼지 못한다.

오전 6시 천극天極은 벌써 아침을 가리킨다.

그런데도 졸립다 내 눈은

겨울이 익숙해진 아침을 안고서

밤을 뿌리치지 못한 채로 넘어온 해年와 함께

졸고 있다.

잠을 가지지 못한 가난한 사람이

아침을 자신도 모르는 사이에

드르륵 리어카를 몰고 거리를 통과했다.

께느른한 내 머리속에

새 해가 멀리서 새해 복 많이 받으라고 말한다.

1956.1.2

봄 소네트

추운 햇살 속에서

간신히 하루를 연장한 이월이

밤 한때 이렇게 말했답니다

"아 나는 얼마나 불우한가.

　사 년이나 기다렸는데 다른 이들과 달력이 맞지 않다

니……"

현관 방문턱까지 배웅하던

밤이 그 말에 대답하며 말했습니다.

"이월 씨, 말씀하신 대로 사계절 중에서 가장 혜택을

받지 못하는 달은 당신이 맞긴 해요.

　하지만, 가득 채우지 못한 그날들을 누가 이어받고 있

는지 알고 있나요? 이봐!"

틈으로 새어나오는 빛은 인순이의 방입니다. 내일 기념

일에 입을 나들이옷과, 붉은 네커치프를 꿰매고

있습니다. 동생들은 훨씬 전에 잠이 들었고

　옆에서는 아버지가 삼일절* 이야기를 소곤소곤 하고 있

---

* 　[원주] 1919년 3월 1일에 일어난 조선독립 혁명 기념일.

습니다.

　"밤 씨! 역시 겨울은 짧을수록 좋지요. 사십 년이나 애
　타게 기다리는 부모와 자식이

　　있으니까.

　　그럼 안녕히!"

　"안녕히—!"

　밖은 진눈깨비가 섞인 바람이 불고 있어요.

　그 속을 이월이 남은 겨울을 짊어지고 가듯이 왕성하게
뛰어갔습니다.

이 땅에 봄이 온다

뿌리와 뿌리가 뒤얽히는 것도
머지않았다.
정성을 들인 비료에 풀린
배냇머리 같은 작은 다리가
부여된 세계를 밀어 헤치며
무수히 길게 뻗는다.
심은 묘목도
이걸로 3년째.
아직 어여쁜 산의 주름진 눈 아래에
젊은 생명이 마음을 다잡고 살아간다.
소녀의 가슴이 부풀어 오른 것에도
강철을 깎는 절삭용 칼이 달아올라 있으므로
올해야말로
벌집처럼 구멍이 뚫린 벌판의 마음은
치유돼야만 한다.

그런데 아저씨, 아주머니,

어떻습니까?

농지에 뚫린 구멍은 당연히 메워지지만

께느른한 양의 졸음을 깨우는데

저기 있는 슬로프에 움푹 팬 곳을 하나

그 상태 그대로 받을 수 없을까요!?

　　　　—일조협약日朝協会 예고予稿. 조국의 사진에 부치다—

봄은 모두가 불타오르므로

이건 분명 봄 탓이다.

늘어진 녀석*이 나쁘다.

빛에 비추어 본 배후背後도 불타올랐다.**

그래서 성냥을 켰다.

구불거리는 그늘에서만

불꽃은 빠끔히 얼굴을 내밀었다.

뒤에는 하늘하늘

성조기인가

아지랑이인가.

일본

빌딩의

꼭대기에서

나는 완전히 유쾌해졌다.

벚꽃이 피어서

---

*   빌딩 옥상의 성조기를 말한다.

**   성조기가 펄럭이는 뒤로 아지랑이가 어른거리는 봄의 광경이 펼쳐
      진 모습이다.

사람들이 신이 나

손을 칠 때

그 손을 잡는

나는 쾌할한 방화범.

노^{no}.

노.

노.

죄의식은

털끝만큼

도.

일본 전체가 아지랑이일 뿐인걸.

게다가 난 조선인.

재판을 하려면 네 개로 쪼개서

하나 정도는 조선에게 줘라.

나머지는 일본, 한국, 미국에게

재판권을 놓고 겨루게 하라.

아니면 내 의도대로

적대행위라는 그 줄거리대로

미국 씨에게.

그 전망 좋은 꼭대기에서

쿵

하고 한 발.

나를 영웅으로 만들어 줄 겁니까?

일본이라는 나라의 감사함에

어디에 가도 성냥이 불타오르므로

나는 그 정도의

불놀이가 좋다.

정말 좋다.

머지않아 커다란 불이 되지 않을까?!

앗 뜨거워 —

아하하하

제 정신이 아니야.

이건 분명 양기陽氣 때문이야.

우리들은 하루를 싸워 이겼다

나는 역 앞에서
그녀를 기다리고 있었다.
많은 인파가 타고 내렸다.
해일과 같은 넘실거림 가운데
그녀와 만나는 것은 쉬운 일이 아니었다.
하지만 나는 놓치지 않았다.
다른 사람들과는 얼굴이 달랐기 때문에!
만약에 모두 같다면
나는 분명히 울고 말았을 것이다.
모처럼 만든 오백 엔인데
하마터면 허공에 뜰 찰나였다.
우리가 하루를 쉬려면
어지간히 결단이 필요하다.
공장을 빼먹은 뒷맛이
아침잠에 깨어나는 기분을 잡쳤다.
그래도 말이지
그런 것에 하나하나 구애받아서야 쓰겠나?!

나는 어깨를 펴고
꽉 쥐었다.
봄은 우리의 것이었다.

샤릿코[*]

예전에는 구리 철사(빨간 물질)를 먹었다.

지금은 알루미늄(흰 물질)을 먹는다.

먹고

산다.

산다.

밥으로는

충분치 않아서

동전을 먹는다.

먹―는다.

위세 좋게 뻐기는 것은 아니다.

정성껏

안쪽 잇몸을 오가며

시큼한 침이

엿이 될 때까지

굴려서 넘긴다.

---

*   샤릿코는 흰쌀의 은어인 '샤리'로부터 김시종 시인이 만들어낸 조어
이다.

으드득

획획

으드득

획획

꿀꺽

스읍

엿이 늘어나

내려간다

스으

읍하고

괴인다.

내 몸은

돈으로

한가득.

머지않아

머리까지

가득 찰 것이다.

그로 인해

몸은

돈 그 자체.

돈마저

생계

그 자체.

밥알

밥알

옆으로 흔들어도

밥알

땅바닥에 구부려도

밥알

전후 좌우가

밥알

밥알.

딸랑

하고

방울은

언제 울리나?

아직.

아직.

너의 너가

너를

낳고

아버지가 죽어

굳어져

네 엄니가

겹쳐져

우리가

하나의

산이 되었을 때.

누군가가 파서

말하는가.

아.
이건
알루미늄
산이다.

금으로 한다.
금으로 한다.
난
은이야.
하루의 벌이는
석 장.

갖고 있기 좋은 것은
돈이지.
일부러 바꾼
삼백 개.
부모 자식 넷이서

으드득

획획

으드득

획획

엄마.

난 부드러운 게 좋아.

갖고 싶어.

갖고 싶어.

글쎄.

그건 안 돼.

배춧잎은

더러워져 있으니.

이 세상에서

가장

지저분한 것.

싫어.

그러니까

난

돈이 될 거야!

그래서

아들

그 값을

좇겠어.

거기에 다다를 것 같아서

좇을 수 있을 것 같아서

열중한 몸이

주석으로 변한다.

그것이

나의?!

구두를 주는

남자에게는

딸.

딸.

현재 지금까지

가 버린다.

나이를 들어

번 돈이

사라져서

머리만이

띵띵 부어

밥알

밥알

우물우물만 해서는

넘어가지 않아.

사십 년을 넘기는

변비에

아내는 지금도

쭈그리고 있어요.

할머니

아직이야?

아니

이제 나올 거야.

나올 거야.

화석이 되고 있는

어머니를

누르며

아내는

지그시

참고 있다.

밥통에서

뻑뻑하게

반죽된 것이

대장을 지나

똥구멍을 빠져 나올 때.

황금이 됩니다.

분명히 됩니다.

아내는

믿고

기다리고 있다.

나오고말고.

나오고말고.

폐갱이

아니야.

아직 누구도

파지 않은

구멍이

아직

아니야.

부부끼리

새까맣게

드러

눕는다.

복권으로 산다

모두가 말하기를
경관이 놀라서 눈이 커졌다고 한다.
아니지
히쭉 하고 치아를 보였던 것 같아.
서둘러 안주머니에 넣었다고 하는데
사실인지
아닌지.

좁은 인도에
사람들이 비어져 나오고
우회하는 이륜과 사륜차가
끽끽대며 차도에서 경단처럼 이어져
발돋움해서 보는 어깨 너머에
발가락이 깨진 작업화가
거적을 뒤집어쓰고 움직이지 않는다.

낮 동안.

남자로 태어나
바퀴 자국에 걸려 넘어진 남자의
한 장 꿈을
슬쩍 가져간다.

변모하는
홍수 속을
산뜻하게 헤엄쳐 건너
짐짓
경관의 안주머니를 투시하는 남자.
벌떡 일어선 작업화가
유일한 유산을 노리고
공중을 갈랐다!

떨어진다.
떨어진다.
춤춘다.

몇천만분의 일 확률에
수 백만의 지폐 다발이 흩날린다!
가뭄이 든 원야原野를 휘덮은
메뚜기
대군생大群生
의
겹눈에 일그러진
거리.

죽음은 지금
신음 소리를 내며
하이에나 주위를
스치며 긁고 벗겨냈다.

복어

만든 것은
어부고
낡은 것은
나이며
모조리 먹어치운 것은
손님

받은 것은
주인이고
돈을 낸 것은
어부이며
시험을 받은 것은
나

매료시킨 놈이
매료된 남자에게 말했다
　창자만을

잘라내면 된다

도마 위

그저 숨기만 한

독기

30년을 쌓아올려

아직 한 사람도 죽이지 못했다

25년

붉게 녹슨 함석지붕 아래는, 후텁지근해서 숨막힐 듯이 덥다. 꼬불꼬불 구부러진 막다른 골목길 안쪽은 평소에도 조금 이상한 냄새가 코를 찔렀고, 여름은 부패하는 듯한 악취가 뒤섞여서 구역질이 올라왔다.

배출구가 없는 시궁창 흙에 버려진 쓰레기.

썩어빠진 인간의 쓰레기터.

실제로 나른할 정도의 무더위다.

빨래가 만국기처럼 걸려 있는 사이로 보이는 아이들의 놀이터.

할아버지는 함석지붕에서 그 공터로, 히야시아메*를 팔러 포장마차를 힘차게 끌어냈다.

팔랑팔랑 흔들리는 히야시아메 포장마차의 붉은 깃발은 보고만 있어도 덥다. 게다가 할아버지가 부르는 소리가 더위에 늘러 붙어서, 아아 숨이 막힌다.

히야시아메를 넣은 커다란 컵이 우그러진 포장마차에 늘어선다. 달콤한 청렬함을 돋우는, 투명하고 아름다운 색

* 물엿에 생강을 더해 물을 부은 차가운 음료수.

깔에,

맛은 호주머니에 돈이 있는 자만의 즐거움이다.

하지만 황혼과 함께 엄습해 오는 텅 빈 배, 텅 빈 할아버지의 지갑.

흰 셔츠와 잠방이에 바래서 희읍스름해진 복대를 맨 등은 이미 땀에 흠뻑 젖었다. 포장마차처럼 일그러져 가는 할아버지의 얼굴, 땀을 닦을 힘도 없이 쭈그러든 손.

시궁창의 흙과 같은 인간 쓰레기터에, 부글부글 거품이 일고 있는 할아버지의 생활. 이러지도 저러지도 못 하는 막다른 골목길. 아아 막다른 골목길과 같은 생활이다

×

×

무엇이 변했단 말인가?

변하지 않는 것이 변한 것인가?

쇼와 8년* 12월 인쇄돼 나온

"구지 데쓰조久徹三"라는 시인을

나는 변두리 헌책방에서

15엔에 사왔다.

'늑골'이라는 시집에 들어 있는 "막다른 골목길"

분명히 변한 것이다.

이걸 판 놈은

빵 한 개조차의 가치도 없어 굶주림을 얻게 되었을지 어

떨지.

돌아보지도 않고

25년이

성큼성큼

막다른 골목을 남겨두고

큰길가를 지나가 버린다.

---

* 　1933년이다.

길(홍 씨 할아버지)

오사카에는

  30년 만인가.

쓰러질 것 같아서

  집으로부터 얼룩덜룩한 가로 무늬 언덕을 내려온 것

이 동틀녘 다섯 시에

현縣 본부까지 길을

여섯 번이나 쉬어서 가야

했다는 홍 씨 할아버지

  어쩐지

시간을 너무 잡아먹는다 했다.

  오른쪽 무릎에 올린 발목이

초만원 차 안에서 가까스로 안정감을 유지하고 있을 때

  여기 나라현 본부에서 마련한 전세 버스는 이미 최후의

지루함을

직선 코스로 되돌렸다.

  이 부근의 토관土管을 작업했지…

  은행나무 가로수를 누비며

초여름은 커다란 바림을 미도스지御堂筋*에 던지고 있다.

비틀린 발의

　엄지발가락과

　가운데 발가락과

　새끼발가락이

묻혀 있다는 아스팔트를 자동차는 흡사 산을 뛰쳐나온

멧돼지처럼

　귀국자대회로의

　거리를 줄이며

쏜살같이

---

* 　미도스지(御堂筋)는 오사카시 중심부를 남북으로 횡단하는 도로이다.

감방을 열어라!

(모든 사람은 박해를 피하여 다른 나라에서 비호를 구하거
나 비호를 받을 권리를 가진다.)

－세계인권선언 제14조 제1항－

네 퇴화를 기다린다.
여기저기에
깃털을 흩뿌리고
격렬하게 우리에 덤벼드는
네 퇴화를 기다린다.
사람들은 모른다.
네가 이제
네가 아닐 때
사람들은 식욕을 돋울 뿐.

날개.
목.
몸.

오무라 수용소*

숲이 아닌 숲의

이상한 조용함 가운데

날아오르지 못하는 아버지는

쥐어뜯긴 채로

죽었다.

들판에서 쫓기고

바다로 사라져

아직 홰치고 싶은 날개가

이어진 채로

전에 있던 늪지대로 끌려가는 것이다.

이보시오.

제대로 다시 태어난 일본이라면

---

*   일본 나가사키현 오무라시에 있던 종전 후의 무허가 입국자를 수용
    하던 수용소였다. 한국전쟁이 발발한 1950년에 설치됐다.

감방을 열어라!
이 땅의 발 디딜 곳에서
그가 날개 짓을 할 곳은
바다 저편
북에 있다.

특별히 시험하려는 것은 아니며, 그저 발표할 기회가 없었던 것에 지나지 않으나, 조각 나 있던 시편이 이 시대의 홍수 속에서 숨을 내쉬던 기간에 대해서 생각한다. 이 대부분은 두 번째 시집 『일본풍토기』(1957년 간행) 전후에 쓴 시편인데, 두 번째 시집의 속간의 형태, 요컨대 『일본풍토기』II라는 형태로 여전히 존속할 여지가 있을 것인지, 어떤지. 만약 있다고 한다면 그것은 이 시집의 자질 때문이 아니라, 역사라는 것은 문명의 영화榮華만큼 그렇게 빨리 지나가지 않는다는, 정말로 현대와는 먼 우화가 지니는 촌스러움 때문이다. 그렇게 쉽게 시인의 숨이 끊어지지 않는 이유라고 해야 할 것인가.

---

* 이 후기는 최근 김시종 시인이 발견한 옛 원고에서 찾아낸 것으로 일본에서 간행된 金時鐘 『詩集 日本風土記』 II(藤原書店, 2022.3)에 수록돼 있다. 이 시집에는 그동안 행방을 알 수 없었던 「밤의 자기」, 「두개의 방」, 「유품」, 「이른 계절」, 「겨울」, 「이 땅에 봄이 온다」, 「우리들은 하루를 싸워 이겼다」, 「복어」, 「25년」 등 9편의 시가 새롭게 발굴돼 수록됐다. 「가을밤에 본 꿈 이야기」와 「복권으로 산다」는 『金時鐘コレクションII—幻の詩集, 復元に向けて 詩集『日本風土記』『日本風土記』II』(藤原書店, 2018) 발행 당시 발굴돼 실렸다. 『金時鐘コレクション』 II 발행 전 '불명'이었던 시는 총 11편이다.

부록

흐지부지됐던 『일본풍토기』 II의 내력에 대하여

후기를 대신하여[*]

김시종

    이번에 복원된 『일본풍토기』 II는 제 세 번째 시집으로 출간될 예정이었습니다. 제2시집 『일본풍토기』를 낼 때도 고쿠분샤国文社에 소개를 해준 것은 구로다 기오黒田喜夫 씨인데, 그 후속작과도 같은 『II』의 출판도 구로다 씨가 『현대시現代詩』 편집자였던 세키네 히로시関根弘 씨를 움직여서, 이즈카쇼텐飯塚書店에 출판 교섭을 해준 시집이었습니다. 일본에 온 지 아직 10년 정도밖에 되지 않던 제게는 정말로 분에 넘치는 기대 이상의 출판사였습니다.

    물론 원고를 즉시 정리해서 입고했습니다. 그런데 역시라고 해야 할까요. 걱정하던 일이 그대로 트러블로 나타났습니다. 『진달래ヂンダレ』 비판(나중에 설명하겠습니다)의 잔불이 아직 남아 있는 한복판에서 『II』를 출판하려고 했기에, 조선총련 오사카부 본부 조직부로부터 우선 중앙상임위원회의 '비준'(조직 용어로 심사라는 뜻입니다)을 받으라는 완고

---

[*]   이 글의 출처는 金時鐘, 「立ち消えになった『日本風土記』II のいきさつについて」, 『金時鐘コレクション 2 幻の詩集、復元にむけて』(藤原書店, 2018)이다.

한 시달이 제게 직접 내려왔던 겁니다. 이즈카쇼텐 분들에게도 "일조친선日朝親善에 어긋나"는 일이니 출판을 중지하라는 요청을 조선총련 쪽에서 했습니다.

저는 분한 마음을 억지로 참고서 시집 출판을 단념했고, 발행소나 구로다 씨도 당시 널리 퍼져 있던 북조선에 대한 공감을 고려해서 『II』의 출판은 없었던 일로 하기로 해서 수습을 했습니다. 사실을 말하자면 저는 저대로 조선총련을 배려해서 시집 제목을 『일본풍토기』 II로 했던 겁니다. 그 당시 이미 장편시집 『니이가타』가 준비돼 있었지만, 그것을 물려놓고 재일조선인 논의와는 관련이 없는 느낌의 『II』로 일부러 내용을 좁혔습니다. 그런 배려가 오히려 헛되어 일본의 벗들에게 폐를 끼치고 말았습니다. 돌아온 원고를 다시 펼쳐볼 마음도 들지 않은 상태로 됐다가 거듭되는 이사로 인해 흩어지면서 없어져 버렸습니다. 그 후 어떻게 살면 좋을지 몰라 혼란함은 술과 함께 더욱 가중될 뿐이었고요.

그러면 '『진달래』 비판'에서 보듯이 당시 제가 놓인 정치적·조직적 상황과, 『일본풍토기』 II가 사라지게 된 경위를 간추려서 말씀드리도록 하겠습니다.

제 첫 시집 『지평선』은 1955년 12월에 간행되었지만, 같은 해 5월 재일조선인운동도 그때까지의 민전재일조선통일민주전선으로부터 조선총련재일본조선인총연합회으로 조직체가 바뀌었습니다. 마치 중앙본부 내의 궁정극宮廷劇처럼 어느 날 갑자기 시행된 노선 전환이었습니다. 조선민주주의인민공화국의 직접적인 지도하에 들어갔다고 하는 조선총련의 조직적 위엄은 조국 북조선의 국가위신을 우산으로 삼아 주변을 추방할 태세로 높아져만 갔습니다. '민족적 주체성'이라는 것이 갑작스레 강조되기 시작하더니, 신격화된 김일성 주석의 '유일사상 체계'의 기반을 다지기 위해 '주체성 확립'이 마치 행동원리처럼 주창되기 시작했던 겁니다. 조직구조가 북조선과 똑같이 개편돼, 일상의 활동양식까지 이곳 일본에서도 북의 표본 그대로 시행되기를 요구했습니다. 민족교육은 물론이고 창작 표현 행위의 모든 분야에 걸쳐서 '인식의 동일화'가 공화국 공민의 자격으로 가늠되고 있었습니다. 저는 그것이 '의식의 정형화'임을 간파했습니다.

재일在日 세대의 독자성을 인정하지 않는 것은 물론이고 질문조차 허락하지 않는 조선총련의 이러한 권위주의, 획일주의에 대해 저는 「장님과 뱀의 억지문답盲と蛇の押し問答」이라는 논고에서 이의를 제기했습니다. 1957년 7월 발행된 『진달래』 18호에 실린 에세이였습니다. 벌집을 쑤셔 놓은 듯한 소란이 벌어졌고, 저는 갑자기 반조직 분자, 민족 허무주의자라는 견본으로 내세워져, 조선총련 조직 전

체에서 지탄의 대상이 됐습니다. 끝내는 북조선 작가동맹으로부터도 장문의 가혹한 비판문 「생활과 독단」이 『문학신문文学新聞』에 게재돼, 김시종은 "양배추밭의 두더지"라고 규정되기에 이르렀습니다. 요컨대 제거해야 할 대상으로 비판을 당했던 것입니다. 물론 그 글은 일본에서도 총련의 중앙기관지인 『조선민보朝鮮民報』에 세 번에 걸쳐서 전재됐습니다. 그렇게 제 표현 활동은 모든 것이 막혀버렸습니다. 『진달래』도 물론 폐간이 됐고 회원 모두 흩어졌습니다.

악한 사상의 표본이 된 저는 핍색逼塞하게 살 수밖에 없었지만, 곧 시작된 북조선으로 선동하는 듯한 '귀국 사업' 열기의 틈을 뚫고 제 두 번째 시집 『일본풍토기』가 전술했던 것처럼 간행됐습니다. '조직'을 되받아 따져보고 싶던 제가 고집을 부린 출판이었습니다. 사라졌었던 『일본풍토기』Ⅱ의 출간 무산이라는 결말은 그러한 저에 대한 조직적 본보기 처치였음은 명확했습니다.

그렇다 하더라도 어쩌면 이렇게 기특한 일이 생기는 것일까요. 흐지부지 됐던 끝에 원고까지 흩어져 사라졌었던 『일본풍토기』Ⅱ에 실린 여러 작품이 반세기 이상이 지나 새로이 모아질 줄이야 과연 누가 생각이나 했을까요. 10년에 걸쳐 박사논문 『김시종론』을 써낸 젊은 연구자, 그야말로 각고면려刻苦勉励를 했을 아사미 요코浅見洋子 씨가 가능한 모든 방법을 고안해서『일본풍토기』II에 수록됐던 개별 작품의 발표 지면을 찾아낸 덕분에 원본 원고의 팔 할 정도를 다시 수록할 수 있게 됐습니다. 일본의 젊은 연구자의 후의厚意, 깊이 마음에 새깁니다.

청해서 들은 것은 아니지만 아사미 씨의 노력 뒤편에는 아마도 물심양면으로 그녀의 면학을 지탱하고 격려해준 대 선배 두 명, 우노다 쇼야宇野田尚哉(오사카대학, 일본사상) 교수와 호소미 가즈유키細見和之(시인, 교토대학, 독일사상사) 교수의 아낌없는 협력이 있었기에, 이처럼 큰 복원이 이뤄진 것이라고 헤아렸습니다. 아무리 인터넷 시대라고는 해도, 그야말로 산더미 같은 짚더미 속에서 바늘 하나하나를 찾아낸 것과 같은 터무니없는 노력이 들어갔을 겁니다. 참으로 좋은 벗을 만난 저입니다. 세상에서 사라져버렸던 세 번째 시집을, 이렇게 낼 수 있어 행복합니다.

2017년 만추

김시종 再拜

1929년 12월 8일 부산*에서 아버지 김찬국金讚國, 어머니 김연
춘金蓮春 사이의 외아들로 출생했다. 황군皇軍 소년이
되는 것을 갈망하는 소년 시절을 보냈다.

1936년 원산에 있는 할아버지 집에 한방 치료를 겸해 일시적
으로 맡겨졌다.

1938년 아버지의 책장에서 세계문학 관련 서적을 열중해서
읽기 시작했다.

1942년 광주의 중학교에 입학했다.

1944년 굶주림과 혹독한 군사 교련으로 늑막염을 앓았다.

1945년 제주도에서 해방을 맞이했다. 제주도 인민위원회에
서 활동을 개시하는 등 민족사를 다시 응시하고 운동
에 투신했다.

1947년 남조선노동당 예비위원으로 입당해 빨치산 활동을
벌였다.

1948년 '제주4·3'에 참가했다. 산부대를 돕는 역할을 하다가
군경에 쫓기는 몸이 됐다. 병원 등에서 숨어 지내며
목숨을 건졌다.

---

* 자전 『조선과 일본에 살다』를 보면 출생지가 원산에서 부산으로 수
정돼 있다.

1949년	6월 일본으로 밀항해 제주 출신이 많은 오사카의 이카이노로 들어갔다. 이후 임대조林大造라는 이름으로 생활했다. 오사카 난바에 있는 헌책방에서 오노 도자부로의 『시론』을 사서 읽고 깊은 감명을 받았다.
1950년	일본공산당에 입당했다.*
1951년	『조선평론朝鮮評論』 2호부터 편집에 참가했다. '민족학교' 탄압에 대항해 재일조선인연맹조련계 학교인 나카니시조선소학교 재건 운동에 참여했다.
1952년	4월 나카니시조선소학교가 경찰기동대에 둘러싸여 개교됐다. 5학년 담임으로 부임했다. 6월 스이타 사건 데모에 참여했다.
1953년	2월 오사카 조선시인집단 기관지 『진달래ヂンダレ』를 창간했다. 4월 재일조선통일민주전선(민전)의 상임위원에 취임했다.
1954년	2월 심근장애로 이쿠노 후생진료소生野厚生診療所에 입원했다
1955년	12월 첫 시집 『지평선地平線』을 800부 한정(정가 250엔)으로 발행했다. 서문은 오노 도자부로가 썼다. 초판이 일주일 만에 매진됐다. 재일조선인 사회만이 아니라

---

* 『집성시집 들판의 시』에 있는 연보에 따르면 공산당 입당 시기는 1949년 8월로 나온다.

일본 시단에서도 큰 반향이 일어났다.

1956년	2월 오사카조선인회관에서 『지평선』 출판기념회(회비 50엔)가 열렸다. 입원 중인 병원을 빠져나와서 출판기념회에 참석했다가 병이 악화됐다.

5월 『진달래』15호에 '김시종 특집'이 꾸려졌다. 여름 이쿠노 후생진료소에서 퇴원했다.

11월 『진달래』 회원 강순희와 결혼했다.

1957년   8월 『진달래』에 발표한 시와 평론이 조선총련으로부터 정치적 비판을 받았다.

11월 시집 『일본풍토기日本風土記』를 냈다.

1958년   10월 조선총련과의 갈등으로 인해 『진달래』가 제20호를 끝으로 폐간됐다.

1959년   2월 진달래가 해산됐다. 양석일, 정인 등과 '가리온의 모임カリオンの会'을 결성했다.

6월 『가리온』이 창간됐다. 『장편시집 니이가타』 원고를 완성하지만 조선총련과의 갈등으로 1970년까지 원고를 금고에 보관했다. 『일본풍토기』 II를 이즈카쇼텐飯塚書店에서 낼 예정이었지만 조선총련의 압력으로 무산됐다.

1961년   일본어로 창작을 하는 김시종에 대한 조선총련의 조직적 비판이 최고조에 달했다.

1963년   재일조선문학예술가동맹 오사카지부 사무국장에 취

임했다. 하지만 창작활동은 허락을 맡아야 해서 사실
상 절필 상태에 빠졌다.

1964년   7월 조선총련에 의한 '통일시범統一試範(소련의 '수정주의'
를 규탄하고, 김일성의 자주적 유일사상을 주창)'을 거부해 탄
압을 받았다.

1965년   6월 '통일시범' 거부 문제로 오사카 지부 사무국장 자
리에서 물러났다. 조선총련과 절연 상태로 접어들었
고, 생활고에 시달렸다.

1966년   7월 오노 도자부로의 추천으로 '오사카문학학교' 강
사 생활을 시작했다.

1970년   8월 조선총련의 오랜 탄압을 뚫고 『장편시집 니이가
타』를 출판했다.

1971년   2월 시즈오카 지방재판소에서 열린 김희로 공판에 증
인으로 출석했다.

1973년   9월 효고현립 미나토가와고등학교兵庫県立湊川高等学校
교원이 됐다. 일본 교육 역사상 최초로 조선어가 공립
고교에서 정규 과목에 편성됐다.

1974년   8월 김지하와 '민청학련' 사건 관계자의 즉시 석방을
요구하고, 한국의 군사재판을 규탄하는 집회에 출석
해서 '김지하의 시에 대해서'를 보고했다.

1978년   10월 『이카이노시집猪飼野詩集』이 출판됐다.

1983년   11월 광주민주화 운동에서 촉발된 『광주시편光州詩片』

이 출판됐다.

1986년　5월『'재일'의 틈에서「在日」のはざまで』가 발간됐다. 이 작품으로 제40회 마이니치 출판문화상을 받았다.

1992년　『원야의 시原野の詩』로 제25회 오구마히데오상小熊秀雄賞 특별상을 수상했다.

1998년　3월 15년 동안 근무했던 효고현립 미나토가와고등학교를 퇴직했다. 김대중 정부의 특별조치로 1949년 5월 이후 처음으로 한국에 입국했다. 밀항한 이후 처음으로 부모님 묘소를 찾았다.

1998년　10월『화석의 여름化石の夏』이 발간됐다.

2001년　11월 김석범과 함께『왜 계속 써 왔는가, 왜 침묵해 왔는가 : 제주도 4・3사건의 기억과 문학なぜ書きつづけてきたか・なぜ沈黙してきたか: 済州島四・三事件の記憶と文学』을 펴냈다.

2003년　제주도를 본적으로 해서 한국 국적을 취득했다.

2004년　1월 윤동주 시를 번역한『하늘과 바람과 별과 시空と風と星と詩』를 냈다.

　　　　10월『내 삶과 시わが生と詩』를 냈다.

2005년　8월『경계의 시境界の詩』가 발간됐다.

2007년　11월『재역 조선시집再訳 朝鮮詩集』이 발간됐다.

2008년　5월『경계의 시』가 한국어로 번역(유숙자 역) 출간됐다. 한국어로 번역된 첫 번째 시집이다.

2010년   2월『잃어버린 계절失くした季節』이 발간됐다.

2011년   『잃어버린 계절』로 제41회 다카미준상高見順賞을 수상했다.

2014년   6월『장편시집 니이가타』한국어판 출판(곽형덕 역)에 맞춰 제주를 방문해 '제주4·3' 당시 남로당 당원으로 활동했음을 처음으로 공표했다.

          12월『광주시편』이 한국어로 번역(김정례 역)돼 나왔다.

2015년   『조선과 일본에 살다―제주도에서 이카이노로朝鮮と日本に生きる―済州島から猪飼野へ』를 발간했다. 이 자전으로 오사라기지로상을 수상했다.

2018년   1월 후지와라서점에서『김시종컬렉션』(총12권)이 발간되기 시작했다.

          3월 시인 정해옥의 편집으로『기원 김시종 시선집祈り金時鐘詩選集』이 발간됐다.

          4월『등의 지도背中の地図』가 발간됐다.

2019년   8월『잃어버린 계절』이 번역(이진경 외)돼 나왔다.

          12월『이카이노시집 외』가 번역(이진경 외) 출간됐다.

2020년   4월 김시종 시인 헌정 논집『김시종, 재일의 중력과 지평의 사상』(고명철, 이한정, 하상일, 곽형덕, 김동현, 오세종, 김계자, 후지이시 다카요)이 출간됐다.

2022년   3월 일본 후지와라서점에서『일본풍토기』II가 출간됐다.

순수한 세월을 살고[*]

『일본풍토기』에서 『일본풍토기』 II가 나올 무렵

듣는 이 : 호소미 가즈유키細見和之,

우노다 쇼야宇野田尚哉, 아사미 요코浅見洋子

1. 현대시 운동과의 결속

프로파간다 시와 아방가리즘(미래주의)

『일본풍토기』 출판 당시는 『진달래』 내부의 움직이나 조직과

의 대립 등이 무척이나 힘들었던 시기였다고 생각됩니다만,

그러한 배경부터 말씀을 청해도 되겠습니까. 한 공산당원의

소개로 『일본풍토기』는 조건부 출판을 하게 됐다고 들었습니

다만.

김시종   그렇지요. "한 공산당원"은 바로 구로다 기오黑田

---

*   김시종 시인은 이 인터뷰에서 존댓말과 반말을 섞어서 쓰고 있는데,
       3명의 인터뷰어들과 친밀한 관계이다 보니 편한 말투가 더 많다. 가
       독성을 위해 대부분은 존칭으로 변경해 번역했다. 다만 사모님인 강
       순희 여사와의 대화 부분의 편한 말투는 그대로 살렸다.

喜夫* 씨입니다. 출판 조건이란 것은 요즘 식으로 말하자면 구매를 조건으로 한 출판이랄까요. 종이를 재단하면 가감해서 380부나 400부 정도가 딱 좋아서 그 중에서 100부나 200부를 저자 쪽에서 받아서 판 후에 그 돈을 출판사에 보내는 약속이죠. 오사카라면 100부, 200부는 바로 팔리니까. 그래서 간행이 된 겁니다. 물론 인세는 없었습니다.

그러면 소개를 받고 출판사가 400부를 낸 후, 실제로는 그중에서 100부나 200부를 떠안아 성립된 출판이었던 거군요.

김시종 나같이 이름도 없는 시인에게 그런 조건도 파격적이었습니다. 『진달래』가 비교적 평판이 좋아서 그 소문이 도쿄 부근까지 퍼졌던 거지만요.

첫 번째 시집의 반향도 컸습니까?

김시종 첫 시집 『지평선』은 미숙하다고 하면 미숙하다고 하겠지만, 지금 읽어봐도 그렇게 읽기 힘든 시집은 아니니까요.

---

* 1926년 야마가타현에서 태어나, 1984년에 타계했다. 전후 일본공산당에서 활동했던 시인이다. 재일조선인 작가 양석일과 친교가 깊었다.

「후기」를 보면 "자신의 창작활동과 일본 현대시 운동과의 결속을 좀 더 마음에 둘 수밖에 없다"고 쓰고 있습니다.

김시종　마침 세키네 히로시関根弘*가 『현대시』 편집장이 막 되었던 그 즈음의 일입니다. 일본 근대 서정시 같은 것을 시라고 생각하고 일본에 왔더니, 그런 움직임과는 다른 것이 있었어요. 한편으로 조직 활동이라는 점에서는, 고양시키는 것, 프로파간다를 목적으로 해서 의식적으로 시어를 구사해야만 했어요. 어딘가에 부채 의식이 있었습니다. 그래서 『현대시』 작품을 보면, 자신이 조직 활동 안에서 쓴 것과, 꽤 격차가 있음을 알아차렸습니다. 따라서 상임 활동을 하는 활동가의 처지에서 쓰는 것과 원래 존재하는 시의 형태는 다르다는 의식을 가질 수밖에 없었어요. 하세가와 류세長谷川竜生나 이노우에 도시오井上俊夫 등이 그런 것을 생각하게 만들었습니다. 나는 많은 것을 배워야겠다고 항상 생각했습니다. 그런 것이 현대시라고 생각하게 됐던 겁니다. 일본에서 아방가리즘이라는 용어가 회자되기 시작한 것도 이 무렵이 아닐까요.

---

* 　1920~1994. 일본의 시인 · 평론가로 전후 일본공산당원으로 활동하며 시운동을 펼쳤다.

『현대시』 창간은 아마도 1954년 무렵입니다. 『열도列島』나 『산하山河』 등은 조금 더 전이고요.

김시종 『열도』와 『산하』의 영향력은 실로 컸어요. 게다가 무엇보다 오노 도자부로小野十三郎의 『시론詩論』의 영향이 싸목싸목 파고들어, 일본 현대시로부터 떨어져 나가면 안 되겠다는 마음이 강하게 작용했었지요.

『열도』나 『산하』가 있었기에 『현대시』로 가는 흐름이 생겼고, 가까이에 스도 가즈미쓰須藤和光 씨와 같은 프로파간다 시에 비판적인 분도 계셨다는 느낌일까요.

김시종 스도 가즈미쓰 씨는 타이르듯이 곧잘 비판을 하셨습니다. 집회를 하나 만들어도, 삐라 한 장 써도, 호소하고 어필하지 않으면 안 된다고요. 그런 기대를 받는 자와, 자신 사이의 구획을 지으려 했던 작품집이 『일본풍토기』입니다. 따라서 개별 작품에는 그런 프로파간다는 들어있지 않습니다.

『지평선』에서 『일본풍토기』로

김시종 『지평선』은 이미 조직 운동의 한복판에서 낸 것이었습니다. 『진달래』를 시작하고 좋든 싫든 중심적인 존재가 될 수밖에 없었으니까요. 그 결과 건강을 해치고 장기요양에 들어갔습니다. 주저앉아가는 자신을 지탱한 것은 공화국을 향한 동경 같은 것이었지요. 공화국은 사회주의 국가였으니 그 정당성과 우위성을 호소하는 것이 『진달래』의 핵심이었습니다. 조선전쟁 당시까지 북조선은 무조건적인 정의요 절대적인 선이었습니다. 조선전쟁을 미국이 일으켰다고 정말인 양 굳게 믿게 됐으니까요. 후일 국무장관이 되는 딜레스가 정보기관 수장으로 조선전쟁 직전에 시찰을 하기도 했고, 사소한 분쟁은 늘 있었습니다. 언제 일어나도 이상하지 않았던 상황에서 전쟁이 시작됐던 겁니다.

서로 어느 쪽이 먼저 전쟁을 시작한다고 해도 이상하지 않은 상태였죠.

김시종 언제 불이 붙더라도 이상하지 않았습니다. 저는 제주도에서 일어난 '4·3사건'1948년이라고 하는 무장봉기에 관여해서, 군정을 펼치고 있던 미국의 비인간성과 부정의가 새하얗고 순수한 마음속에 각인 돼 있었습니다. 여하튼 반미의식이 강했던 겁니다. 그것은 즉 북을 지지하는 것이 됩니다. 그런 것이 자신이 서 있는 위치, 자세로서 『진달래』에서 『지평선』에 이르는 배경입니다. 우리나라의 통일이 이뤄질 수 없는 이유로 미국에 의한 반공의 압력이 관여하고 있다는 생각이 강했던 시기였어요. 하지만 일면식도 없는 일본에서 혼자 살고 있자면 어쩐지, 감상적이 되고 맙니다. 아무리 해도 부모님을 떠올리고, 고국과 제주도를 생각하기에 망향 의식에 사로잡히게 되니까요.

여기 『일본풍토기』 출판기념 사진이 있습니다. 예전에 정인 선생님이 제공해주신 겁니다. 이때 일은 기억하고 계시나요.

김시종 사진에 있는 이곳은 우메다신미치梅田新道에 있는 우정회관郵政会館입니다. 주된 인물은 거의 와줬어요. 이누이 다케토시乾武俊, 미나토노 기요코乾武俊, 『나가레ながれ(흐름)』라는 서클지의 기쿠치 미치오菊池道雄, 그리고 이노우에 도시오井上俊夫, 오노 도자부로 선생님…….

운동 관계였다기보다는 역시 문학 관계자가 모인 것이군요.

김시종 운동과 관련된 사람은 오지 않았습니다. 내가 조직의 비판을 받고 있던 때였으니까.

『일본풍토기』출판기념회 1958년 2월(정인 촬영)

『일본풍토기』출판광고

(『진달래』19호, 1957년 11월)

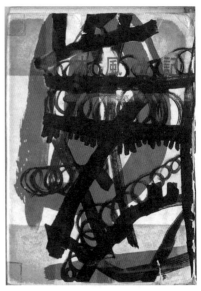

『일본풍토기』표지 (정인 소장본)

『일본풍토기』 II 는 미간행인 채로 흩어져 버렸고, 『니이가타』
는 한동안 출판이 어려운 상황이었다고 알고 있습니다. 『일본
풍토기』를 낼 때 조직과의 알력은 없었나요?

김시종 출판사와의 사이에서 중개를 해주는 사람이 있
어서 조직의 의견을 전혀 묻지 않고 출판을 했
어요. 나는 심근증이 의심되는 상태였고, 나중
에는 장결핵이라는 질병으로 이카이노에 있는
작은 진료소에 장기 입원을 하고 있던 중에 병
원을 빠져나와서 출판기념회에 참석했습니다.

『일본풍토기』 광고가 『진달래』에 실려 있는데 "저자 에세이집
에서"라고 나와 있습니다. 에세이집 출판도 동시에 예정돼 있
었나요?

김시종 계획만은 했지만 그런 건 이미 도저히 무리였습
니다. 자포자기 심정으로 난폭하게 굴었던 시기
였어요. 양석일 군, 정인 군 등과 매일 술독에 빠
져 살았던 시기였으니 에세이집을 낼 수가 없었
습니다. 이 시기, 1957년에는 입원해 있던 이쿠
노후생진료소生野厚生診療所를 퇴원하고 진료소의
사무장이 됐습니다. 하지만 조직의 비판으로 병
원 자체의 운영이 어려워지기 시작했습니다. 거
의 구 할이 동포 환자였으니까. 그래서 스스로

그 자리에서 물러났습니다.

그렇게 되면 생활비가 없어질 텐데요…….

김시종 반 년 정도는 진료소의 사무장으로서 급료를 받기는 했습니다만.

『일본풍토기』 작품 초출初黜을 조사해 봤습니다만, 비교적 바로 알아볼 수 있는 것은 『진달래』와 『국제신문』, 그리고 『현대시』나 『수목과 과실』 등 그런 종류의 것이 조금 있었습니다. 하지만 반 정도는 초출을 알 수 없었습니다.

김시종 어딘가에 썼을 테지만 이제는 기억이 나지 않습니다.

그 당시 『진달래』나 『국제신문』 이외라면 어디에 시를 쓰셨을까요. 역시 일본인 시인과의 관계 속에서 어딘가에 쓰신 것 같은데, 그게 맞을까요.

김시종 노동 관련 서클지나, 일조친선협회日朝親善協會 등이 있었습니다. 일조친선협회 또한 정기적으로 타블로이드판*을 내기도 했고요. 학생동맹에서 내는 등사판 간행물도 있었지요. 「요도가와 언

---

* 보통 신문지의 2분의 1 크기.

저리」라는 시는 비교적 좋은 작품이라고 생각
하지만, 어디에 썼던 것일까요.

『일본풍토기』에 수록된 시는 『지평선』 간행 이후 2년 정도, 기
본적으로는 1956년에서 1957년 정도에 쓴 작품이겠군요.

김시종 대부분은 그 사이에 쓴 작품일 겁니다. 조선총
련의 조직적 비판을 받던 시기에 쓴 작품이에
요. 조직과 선을 긋고 싶다는 생각에 써서, 내 작
품 치고는 비교적 정치적으로 고양된 내용은 없
다고 할 수 있습니다.

여기에 수록되지 않은 작품도 당시 많이 썼던 것으로 기억하
시나요?

김시종 음. 그때는 정말로 무턱대고 써댔어요. 대체로
난 일기장 같은 노트를 가지고 있었는데, 외국
인등록 증명을 해야 하니 날짜는 쓰지 말라고
변호사가 말하더군요. 거꾸로 작품에 다른 날짜
를 일부러 써넣은 것도 있고요. 그것도 변호사
의 지혜인데 예전부터 일본에 있었다는 증거로
그렇게 했던 겁니다. 노트의 주된 내용은 스이

타사건吹田事件[*] 때 경찰에게 압수당하고 말았습니다. 조직 활동에서 나는 조금 눈에 띄는 존재였지만, 그런 가운데『일본풍토기』를 엮어냈기에 내심 고집을 관철시켰다는 만족감도 있었고 일종의 자유를 느꼈습니다. 자나 깨나 조직, 조직밖에 없었으니까요. 이런 일을 할 수 있었던 것은 오사카의『산하山河』를 시작으로 일본에서 전위적인 문학 활동을 하던 사람들의 영향을 받은 것도 컸다고 할 수 있습니다.

『열도』등도 전국지로 세키네 히로시 씨 등이 활약하고 있었죠.

김시종 『열도』를 정기구독하지는 않았지만 꽤 읽었지요.『황무지荒地』의 기하로 고이치木原孝一^{**}라는 분이 있었습니다. 그분은『시학詩學』과 관련이 있었죠?

『시학』과 연결돼 있습니다. 기하라 씨는『황무지』와『시학』을 잇는 역할이었어요.

---

* 1952년 6월 24~25일 사이에 일본 노동자와 학생, 그리고 재일조선인이 오사카부(大阪府) 스이타시(吹田市)에서 한국전쟁에 협력하는 것을 반대해 일으킨 사건이다.

** 1922~1979. 도쿄 출신의 일본 시인으로 제2차 세계대전 당시 병사로 참여했다. 전쟁과 인간의 부조리를 다룬 시를 썼다.

김시종　정말 상냥한 분이었어요. 일찍 돌아가셨지만. 기하라 씨가 NHK라디오 방송에서 상을 받는 데 수상식에 오지 않겠냐고 권했지만, 도쿄에 갈 돈이 없어서 못 갔습니다. 기하라 고이치 씨는 저를 격려해주신 분입니다.

그러고 보니 『시학』에서 『가리온カリオン』 특집호도 내줬군요.

김시종　조직의 제재를 받아서 거의 10년에서 11년 정도의 공백이 생겼지만, 그에 비해 무너지지 않고 버텼습니다. 조직의 그런 야단법석에 굴하지 않고 시를 계속 쓴 증거의 하나로, 내게는 『일본풍토기』가 있다고 할 수 있습니다.

『일본풍토기』에 등장하는 작은 동물들

『일본풍토기』에는 빈대, 개, 게, 모기, 쥐 등의 다양한 생명체가 등장하더군요. 일본에 오신 후 계속 재일조선인으로 살아가는 동안의 체험이 바탕이 됐다고 말씀하셨죠.

김시종　그건 정말 당시 재일조선인의 생활 실태에 모두 실제로 존재하던 생명체입니다. 모든 집이 빈대 투성이였고, 여전히 이가 있던 시기였으니까요. 쥐로 말할 것 같으면 가난한 연립주택에 가보면 쥐들의 천국이었어요. 조선인은 아무리 해도 고양이를 싫어해서 키우려 하지 않습니다. 그래서 쥐가 마구 돌아다니게 됩니다. 모두 재일조선인의 생활 구조 안에 있던 생명체입니다. 근처에 있던 일본인도 연립주택에 사는 사람은 모두 같은 일을 겪었다고 봐야 할 겁니다.

권두의 「빈대」는 젖은 걸레를 쌓아올리는 실제 체험이 바탕이 됐다고 들었습니다.

김시종　빈대가 물을 싫어한다는 것을 누가 알려줬습니다. 잠을 잘 수 없어 참말로 미쳐 버릴 지경이 되니까요. 그래도 그 녀석은, 정말로, 천장에서 떨어집니다. 그 창의성은 놀라워요. 그래서 그 창의성에 탄복해 제 피를 조금 줄 필요가 있다고 생각했습니다. 창작은 하나도 없는 모두 실감이죠. 빈대와 관련해서는 이런저런 무참한 기억이 가득 있지만, 모두 우리의, 1950년대 재일동포의 생활 실태와 함께 한 생명체들입니다.

그 생명체에게 어떤 종류의 친화성이라고 해야 할지, 친근감도 있으신 거군요.

김시종　그곳에서 살지 않으면 안 되니까요. 싫지만, 그것도 그대로 생활 실태 속의 생명체였습니다.

나는 식민지 치하에서 자랐지만, 어머니가 식당을 하셔서 그렇게 자라지 않았습니다.

그런 친근한 생명체는 이곳의 모습을 비추는 것 같은 면도 있겠군요.

김시종 정말로 그렇게 생각했어요. 그렇기에 빈대가 정말로 천장에서 떨어지는 것도, 직접 체험해 알게 된 것이죠.

서로의 지혜를 겨루는 것이군요.

김시종 싫지만 어딘가 친근함을 느낍니다. 이 녀석들 아직 살아 있군 하는 그런 기분이 들지요.

「용마루 긴 집의 법도」인가요. 쥐를 처형하는 이야기죠.

김시종 배가 갈라지는 소리, 지독하죠. '수레바퀴의 형벌'이라는 것은 제가 만들어낸 표현법입니다.

시대를 상징하는 작품군

그리고 「빈대」에 이어 「정책발표회」라는 작품도 시집 구성상 매우 중요한 위치를 차지하는 작품이라고 생각합니다. 노선 전환을 한 후인 1956년입니까.

김시종 맞습니다. 노선 전환 후에요. 당시 (일본공산당) 당적은 유지하고 있었어요. 조선총련이 전부 당적을 반납하라고 하고는 당을 떠나는 서류를 다름 아닌 총련이 회수해 갔습니다. 저는 비판을 받고 있었기에 응하지 않았습니다. 네 놈들이 하라는 대로 할까보냐 하고 생각했거든요.

일본만이 아닙니다. 세계적으로 일어난 커다란 노선 전환의 시대를 상징하는 시입니다.

김시종　차에 치인 개가 노선에 있던 것도 눈앞에 있던 광경입니다. 조선총련이 발족되고 북조선 지도 하에 들어가는 굉장히 획일적인 조직의 강압이 시작된 것과, 배를 깔고 누워서 머리만 쳐들고 있던 개가 겹쳐졌지요.

교조적인 노선을 강요하는 가운데 남겨진 존재와, 차에 치인 개가 겹쳐지네요. 그 장면에서부터 시작하는 시집이라니 굉장합니다. 1950년대 후반이라는 시기에 말이죠.

"합승을 당하고"라는 것도 그거야말로 정말로 상징적이네요.

김시종　조선총련이 생긴 후 모두 공산당을 떠나게 됐습니다. 하지만 저는 당적을 그대로 유지했어요. 합승이라는 표현에는 당적을 계속 유지하고 있던 자신 또한 투영돼 있습니다.

원수폭原水爆* 관련 시가 『지평선』부터 6편 수록돼 있습니다
만, 그건 어떻습니까.

김시종 비교적 많이 썼어요. 원수폭과 관련된 시는 말
이죠. 저는 일본 쪽 단체에 불려 가면 집회용 반
反 원폭 시를 낭독하거나 했는데 손에 남아 있는
건 6편이 다입니다.

실제로는 훨씬 많았었군요.

김시종 삐라를 쓰는 감각이었죠. 그 가운데 「남쪽 섬」은
영어로 번역됐습니다. 최근에도 어딘가에서 그
시를 실었다는 편지가 왔고요.

「나막신」이라는 작품도 조금 어렵습니다만.

김시종 비판을 받던 한복판이었으니까요. 트집을 잡고
싶어도, 그 사람들, 읽어봐야 무슨 내용인지 알
수가 없었어요. (웃음) 제가 잊을 수 없는 것은 오
다기리 히데오小田切秀雄**라는 신일본문학新日本文
學의 중심인물로 지도적 위치에 있던 분으로부

---

* 원자 폭탄과 수소 폭탄.
** 1916~2000. 도쿄 출신의 문예평론가.

터, 조선총련의 비판은 묵인할 수 없다, 신일본
문학이 전적으로 백업을 할 테니 싸웁시다, 반
드시 싸워야 한다라고 했는데, 저는 대내적인
문제는 내부에서 정리해야 한다고 생각했어요.
조직 활동을 했던 자의, 일종의 비애라고 해야
할까요. 아무리 이해를 잘하는 사람이라고 해
도, 우리 조선인의 대내적인 문제를 일본이라는
국가와 거기에 속해 있는 사람에게 호소하는 것
만은 역시 자제했습니다.

그리고 책 속 표지에 "아버지 무덤 앞에 바칩니다"라는 말이 있
습니다.

김시종 아버지가 돌아가신 직후였습니다. 그건 슬픔 이
상의 것이었죠. 정말로. 어머니가 아버지 장례
식에 와주신 분들의 이름을 모두 적어서 "시종
아, 이 은혜는 평생 잊지 말앙. 꼭 갚아사 한다".
라는 편지를 보내셔서 받았어요. 그 편지를 지
니고 있는 것이 괴로워서 태웠던 걸로 기억합니
다. 부모님 산소에 성묘를 갈 수 있는 가능성이
전혀 없었으니까요. 김대중 씨가 대통령이 된다

---

* 편지 내용은 일본어로만 나와 있어 이 부분은 제주어로 옮겼다. 관련
하여 제주민예총 김동현 이사장에게 자문을 구했다.

는 것은 상상도 못 했던 일입니다.

2. 미간행 시집 『일본풍토기』 II

「목면과 모래」로 향한 조직의 제재

여기서부터는 『일본풍토기』 II에 관해서 질문을 드리고자 합니다. 『일본풍토기』 II는 뭐라고 해도 출판되지 못한 채로 흩어져 없어져 버린 환상의 시집입니다.

김시종 이미 50년도 전 일이니까, 세월에 희미해버렸습니다. 오래된 자료는 대부분 이사를 하며 전부 버렸지요. 기억도 애매한 부분이 상당히 있습니다. 그래도 음 대략적인 내용은 기억하고 있습니다. 이번에 우노다 씨와 아사미 씨 등이 조사해줘서, 무엇보다도 「목면과 모래」라는 작품을 찾아서 정말 감사합니다. 「목면과 모래」로 인해 저는 미국에 변절을 스스로 청한 것이라는 식으로 비판을 당했지요. 조선총련이 작품 제목을 들어서 규탄을 했습니다. 반증을 위해서라도 꼭 찾고 싶다고 계속 생각했는데, 찾게 돼서 그 당시 이야기되던 것이 진실이었다는 것이 판명되는 것만으로도 좋았습니다. "캘리포니아대학 방

사선 연구소의 / 수소폭탄 평화이용을 위한 핵
열처리가 볼 만한 것이다. / 천만도의 고열조차
/ 수소폭탄 융합반응에서 동력을 만들려면 / 아
직도 지금의 열 배가 필요하다고 한다." 성공을
했는데도 부족하다고 하니 "그래. 아메리카여. /
자네의 아직 부족한 열기에 / 내가 가진 자그마
한 열기는 어떤가!"라고 썼습니다. 이 마지막 세
줄은 똑똑히 기억합니다. 다만 그 부분만을 취
해서 미국에 협력을 청했다고 비판을 받은 것이
죠. 진정서를 미국영사관에 가져갔다거나 민단
본부로 가져갔다거나 그런 말도 안 되는 이야기
를 한단 말이죠. 그래서 마지막 세 줄만이 언제
나 그 예로 나옵니다. 그거야 뭐 그 부분만 본다
면 협력을 청한 것이 됩니다.

시의 근원이 된 기사가 나온 것이 1958년 7월 18일 자 『요미
우리신문』입니다. 「목면과 모래」의 끝에도 같은 날짜가 기록
돼 있고요.

김시종　그날 쓴 작품입니다. 그 당시는 말하자면 한창
젊을 때였어요. 시 한 편을 즉석에서 쓰던 시절
이었죠. 그러다 모가지가 비틀려 잘린 듯 멈춰
서게 된 겁니다.

「목면과 모래」는 신문기사에 촉발돼 쓴 시로 보입니다만, 그런 식으로 평상시에도 정기적으로 신문을 읽으셨습니까?

김시종 그럴 돈은 없었습니다. 조직에서 비치한 신문이나 자료를 읽는 정도가 고작이었죠. 그런데 캘리포니아대학교의 핵 열처리 기사를 마침 찻집에서 보고 메모를 했습니다. 찻집, 좀 질색입니다. 겨우 10분, 15분도 못 버팁니다.

정인 선생님과는 꽤 다르시군요.

김시종 정인 등은 아무렇지도 않게 몇 시간이고 있다고 하던데. 찻집에 붙어산다는 것이 제게는 경솔하고 소견이 얕은 행동이었습니다. 그 정도로 무지렁이에 촌스러운 활동가인 저였어요. 그런데도 곧잘 쁘띠부르주아적이라고 조직 내부에서 비난을 받았으니, 외동 기질이 아마도 거슬렸을 겁니다. 커핀 한 잔이면 20분 정도죠. 그 대신 영화관에는 곧잘 잠수했습니다. 그 당시에는 자주 세 편이나 네 편의 영화를 동시 상영하고는 했죠. 그 따스함……. 관객들이 꽉 차 있는 변두리의 영화관, 어디선가 화장실 냄새가 떠돌고 사람의 체온이 가득한 곳……. 당시는 값도 쌌습니다. 배가 고프니 저녁 회의 때까지 가만히 있습니다. 회의에 가면 누군가 빵이나 우동을 사줄지도 모른다는 기대도 있었고요.

영화는 자주 보셨나요.

김시종　좀 쉬고 싶거나, 수면 부족이 오면 자주 갔지요. 무언가 아수선하고 따스한 기운이 있어서 긴장이 풀렸습니다. 영화는 보지도 않고 곧잘 졸았지만요.

「습유집拾遺集」으로 간행

『들판의 시原野の詩』를 간행할 무렵, 『일본풍토기』 II에 수록 예정이었던 작품을 중심으로 해서 「습유집」으로 엮은 의도는 무엇이었습니까.

김시종　『들판의 시』를 내준 릿푸쇼보立風書房의 시라토리 세자부로白取清三郎 씨가 『일본풍토기』 II와 관련된 사정을 이미 들어 알고 있더군요. 최대한 수록하자고 하면서 시라토리 씨가 모아준 겁니다.

「습유집」이라는 타이틀은 선생님께서 지으신 겁니까?

김시종　편집자인 시라토리 씨가 붙인 겁니다. 「습유집」을 엮으면 『일본풍토기』 II를 낼 수 없었던 복잡한 사정도 써야만 했고, 또한 당시에는 대내적

인 것도 내보내야만 하는 어려움이 있어서 소극
적이었습니다. 결국 출판을 하며 털어놓을 수밖
에 없었습니다만.

『일본풍토기』 II의 복원을 시도할 즈음, 노구치 도요코野口豐
子 씨가 엮은 두 종류의 연보를 참고했습니다. 『들판의 시』 소
재의 연보에는 「나의 성 나의 목숨」이 제1부 마지막 작품입니
다만, 『문학학교文學學校』의 「특집 김시종」에 게재된 연보에는
「엽총獵銃」이 마지막 작품으로 나와 있습니다. 『일본풍토기』 II
에 「엽총」을 수록할 예정이셨나요?

김시종 「엽총」은 『일본풍토기』 II에는 들어가 있지 않습
니다. 그 시는 『가리온』 3호에 썼어요. 「엽총」을
썼던 당시는 『일본풍토기』 II 출판이 어려워진
후였습니다.

만약에 『일본풍토기』 II를 다시 출판할 수 있다면 「엽총」을 넣
을 마음이 있다는 것인지요.

김시종 넣고는 싶지만, 그렇게 잘 쓴 작품이 아닙니다.

실제로 조판을 했을 무렵에는 아직 쓰지 않은 작품이었군요.
그러면 복원을 할 때 넣지 않고 복원을 하면······.

음. 조판 과정까지 갔던 시집을 복원한다면, 그 작품은 빠지게 되겠군요.

그리고 『문학학교』판 연보에는 "주된 작품 목록은……"이라고 나와 있는데, "주된"이라는 것은 그 외에도 작품이 있었다는 뜻인가요.

김시종 마구 쓴 작품이 있기는 했지만, 어디에 썼는지 기억이 나지 않아서…….

아마도 그 연보는 선생님이 쓰신 것이 아니고, 노구치 씨가 썼을 겁니다.

김시종 노구치 씨도 확인을 다 한 것은 아닙니다.

"주된"이라고 쓰면 틀림없다고, 조금 애매한 표현을 한 것이겠죠. 그렇다고 단정할 수는 없습니다.

그러면 역시 29편으로 복원을 하면 되는 거라고.

김시종 그런 셈입니다. 등사판 인쇄로 나온 학생신문이나 민애청民愛靑의 기관지에 쓴 것은 이제 찾을 길이 없을 겁니다.

『마루새』와 프로파간다 시

아직 찾지 못한 작품이 있지만, 이전에 『마루새』에 실린 작품도 있다고 말씀하셨죠?

김시종　『마루새』(조국방위대祖國防衛隊의 비합법신문『새조선』의 '새'를 동그라미로 두르고 그것을 약어로 만들었음[*])나 학생동맹의 기관지에 실었다고 했었죠.『마루새』는 꽤 프로파간다 성향이 강하니까요. 마루새에 실은 글은 시집에는 거의 안 들어 있습니다.

『마루새』에 실린 작품은 역시 프로파간다인가요?

김시종　격정을 담은 용맹스러운 것뿐이죠. 이름도 다른 필명이었고요.

『일본풍토기』II에 넣을 요량의 작품은 아니었다는 것이군요. 시기적으로도 역시 그렇군요. 마루새에 작품이 실린 것은 1952년에서 1953년 무렵이니 출간 전이기도 하고요.

김시종　조금 전이죠. 스이타사건 전후 정도니까요.

여기에 박경식 선생님이 소장하고 있던『새조선』복각판이 있는데, 도쿄 판, 전국 판입니다.

김시종　투쟁의 중심은 오사카였으니까요. 생생한 것은 오사카 판입니다.『마루새』에 '전국 판'은 존재하지 않았습니다. 거점지역 단위였지요.

---

[*]　새에 동그라미를 둘러서 '마루새'이다. 동그라미는 일본어로 'まる(마루)'다.

박경식 선생님이 도쿄 사람이라서, 주로 도쿄 판이 남아 있습니다. 지면의 느낌은 같았습니까. 오사카 판은 조금 더 손 글씨쪽이었을까요.

김시종 때로 활판인쇄도 섞였지만, 등사판이 많았습니다.

전국 판을 보면 시는 별로 없더군요.

김시종 없죠. 으음 간토關東와 오사카는 완전히 다릅니다. 간사이關西에서는 간토關東 판은 안 봤어요. 모두 오사카 판을 봤으니까.

이 복각판에는 선생님의 「남쪽 섬」이 실려 있습니다.

김시종 어라, 그게 거기도 실렸나요. 이 시는 방금 말했던 것처럼 영어 번역도 돼 있습니다.

여기 있는 'S·T·K'는 뭔가요?

김시종 제 이름을 그대로 낼 수는 없으니까요. S·K는 이름의 이니셜이죠. T는 뭐였을지.

'K·S'로 하면 들킬 수도 있으니 사이에 무언가를 넣은 게 아닐까요.

김시종 그래도 이런 걸로 일본의 공안청公安廳에서 잡아갈 일은 없지만요.

하지만 이걸 가지고 다닐 수는 없지 않았나요?

김시종   아, 가지고 있다가는 정령325호政令325号*위반
인가 그런 걸로 잡혀갑니다.

하지만 여기에 「남쪽 섬」 한 편만 실려 있는 것은 어딘가에서
전재한 형태일까요.

김시종   직접 시를 보낸 기억은 없지만요. 어딘가에 발
표하기 전의 형태일 겁니다.

14번이나 이사

방금 전에 말씀하셨던 유학생동맹이나 애국청년동맹 등에 그
후에도 무언가 쓰셨나요?

김시종   제가 오사카문화총회大阪文化總會에서 서기장을
했던 무렵에는 대부분 거기서 지면을 만드는 처
지였으니까요. 무언가 사건이 있으면 쓰거나,
지면이 부족하면 쓰거나 했습니다.

그건 55년부터 57년, 58년 무렵이었나요?

---

*   점령목적저해행위처벌령(占領目的阻害行為処罰令). 연합국의 일본
점령관리를 저해하는 행위를 처벌할 수 있도록 정한 정령이다. 1950
년에 발효됐다. 정령325호로 통칭된다. 위반할 경우 10년 이하의 징
역 또는 20만 엔 이하의 벌금형에 처해졌으며 1952년에 폐지됐다.

김시종 아니지, 55년은 병원에서 나오자마자고, 2년 가까이 입원을 했으니까요. 53년에 조선전쟁 휴전협정이 맺어졌고, 53년 한 해 동안 저는 문화총회의 서기장이었어요. 전국적으로 보더라도 문화단체 협의체라는 것은 오사카에만 있었습니다. 오사카의 성과에 입각해서 전국조직으로 만들자고 해서 전국문화단체연합회라는 것이 결성되지만, 결성식을 한 후에 저는 병에 걸려 쓰러져서 입원을 하고 맙니다. 그대로 중앙 서기장 직에 제가 갈 준비가 돼있었지만요. 제가 입원한 것은 54년, 아니 53년 겨울부터였을 겁니다. 55년 5월에 조선총련이 결성됩니다만, 결성 직후까지 병원에 있었으니까요. 병원에 있으면서도 호소문 등 이런저런 글을 썼습니다.

59년에 『장편시집 니이가타』를 다 썼을 무렵, 『일본풍토기』 II를 이즈카쇼텐飯塚書店에서 내주겠다는 연락이 왔죠. 이즈카쇼텐도 공공연하게 알려져 있지는 않았지만, 실은 당원들이 편집을 하고 있었습니다. 그런데 조선총련에서 "일조친선日朝親善에 어긋나"는 일이라는 항의 전화가 와서 출판은 중지됐습니다. 원고야 당연히 돌아왔지만 어딘가에 섞여 들어가서 없어졌습니다. 순

희 말로는 그 무렵 열 번이 넘게 이사를 다녔다
고 하니까요. 어쨌든 정주할 거처가 없었어요.
이카이노猪飼野에서도 백안시돼서 조직에서 저
녀석은 안 된다고 하면, 누구 하나 눈을 마주치
려 하지 않았습니다. 소유물은 짐이 돼 움직이
기 힘드니 대부분 버릴 수밖에 없었죠. 우리, 1
년에 한 번은 이사를 하지 않았나. 순희, 우리가
결혼하고 비판을 받았을 때, 열몇 번 이사를 갔
다는 건 언제를 말하는 거지?

강순희(김시종 시인의 아내) 14번이라고 한 건, 70년에 스이타
吹田에 당도할 무렵까지의 횟수지.

김시종 그러니까 60년대 이야기잖아.

강순희 뻔질나게 이사를 다녀서 스이타에 갔을 때 한
번 세어 봤지. 그러니까 14번이었어.

김시종 그러니까 60년대를 합쳐서 14번인 거야.

강순희 그 무렵은 결혼하고 14주년이었어. 그러니까 1
년에 한 번 꼴로 이사를 다닌 거지. 일과 주거를
같이 하기도 했고.

김시종 여하튼 일할 곳이 없었지. 하여간.

강순희 같은 곳을 왔다 갔다 했던 적도 있었고. 짐이 없
었으니까, 그 무렵은.

김시종 짐은 버렸어. 움직이기 거북하니까.

강순희　아니, 별로 없었지 짐은. 전기제품도 거의 없었고. 짐은 책뿐이었어.

김시종　자료 등은 전혀 가지고 다닐 수 없는 상태였어.

강순희　지금처럼 이삿짐 가게에 부탁하거나 할 수 있는 게 아니니까. 누군가에게 부탁해서 했으니까.

김시종　돌려받았던 『일본풍토기』 Ⅱ 원고는 나도 찾을 기력이 없었어. 이미 살아가는 것 자체가 완전히 시시해졌으니까.

강순희　그렇게 엉망진창이었던 시대가 있었습니다. 스이타에 가기 전에는. 스이타에 갔을 때 오사카 만국박람회가 열린 시기라 정확히 기억하고 있답니다. 70년이죠. 그해 8월에 『니이가타』가 나왔지. 그 이전에는 정말 엉망진창으로 생활을 했었지.

『청동青銅』 창간과 좌절

발견된 작품 중에서 가장 오래된 것은 55년 11월, 새로운 것은 61년 11월입니다.

김시종　그러니까, 62년 정도까지 작품을 넣을 요량이었다고 생각합니다.

아직 발견되지 않은 작품은 역시 55년에서 61년 사이일까요.

그 이전 작품은 없습니까.

김시종 있다면 그 시기보다 전일 겁니다. 55년에 『지평선』을 낸 후에는 마구잡이로 썼던 시기였어. 『지평선』은 병원에 있었던 해야. 병원에서는 56년에 나왔으니까.

강순희 그 무렵, 정인 씨 등과 함께 『진달래』 모임이 있어서, 시종이 '시종 씨'라는 의미로 친한 사이에 쓰는 표현를 모두가 후생진료소厚生診療所에 배웅해준 적이 있었죠. 근데 병원에 들어가는 모습을, 모두와 함께 서서 보고서. 시종이도 얼마 남지 않았구나, 곧 죽겠구나 하고.

김시종 모두가 그렇게 생각했다고 말하더군.

강순희 비틀비틀 거렸으니까. 그걸 보는 쪽에 있었지, 나는.

김시종 지금 찾을 수 없는 건 56년 정도의 작품일 거야. 57년에 『청동』이라는 종합잡지를 냈잖아. 배후에서, 중앙 조직의 양해를 얻어서 조직용어로 하자면 단고지교團合事業, 조선어로 단합이라고 하는데, 요컨대 화합운동和合運動을 단합이라고 말한 거지. 그 단합사업의 유력한 작업으로 외부를 향해서 조선총련 색채가 적은, 민단 사람들도 참가할 수 있는 종합잡지를 만들게 돼

서『청동』을 창간했지. 내가 주간이고, 편집책임은 백우승白佑勝이라고『마루새』의 편집장이었던 친구였어. 나는 유격대였어. 잡지는 니시지마 호쇼쿠西島宝飾라는, 우메다신미치梅田新道에 가게를 차린 동포 사업가가 물주였고. 그의 의향으로 카루파쇼보カルパ書房라고 하는 카루파는 잉어라는 의미인 모양인데, 전부터 그런 명칭으로 출판업을 하고 싶었다고 해서 말이지. 그 사람을 발행자로 했어. 그런 경위로 창간호를 화려하게 간행했는데 중앙조직 안에서 반항이 일어났지. 그런 잡지를 냈으면 좋겠다고 했던 사람들이 종파분파주의자로 찍혀서 비난의 대상이 됐어. 이번에는 자연히 나까지 비판의 대상이 됐고.『진달래』에서도 조직의 분파 활동을 한 데다, 이번에는『청동』을 만들어서 반조직적 움직임을 하고 있다면서 공격을 해댔지. 우선 물주가 추궁을 당했어. 그러더니 발을 뺐단 말이야. 2호 원고도 전부 모였는데 말이지. 사사키 데쓰조佐々木哲蔵라고 스이타사건의 재판장이었던 분이 있었잖아. 스이타사건 피고들이 조선전쟁 기념일에 묵도를 하고 싶다고 청하자 법정에서 그걸 인정해줬어. 그걸로 비판을 받고 재판장

을 그만뒀지만. 그 후 변호사가 됐는데 『청동』 2
호에서 그런 그에게 「법정에서 본 조선인」이라
는 글을 청탁해서 받았지(창간호에 2호 목차가 실렸
다). 그렇게 귀중한 원고가 모였는데 청천벽력이
야. 그렇게 『청동』은 부끄럽게도 창간호로 요절
이 나버렸어. 그렇지만 창간호는 엄청나게 팔려
나갔지. 집회에 가져가니 모두가 빼앗아 가듯이
사줬어.

강순희 모두가 희망을 가득 품고 있었으니까. 그 때는
꽹장한 잡지가 될 거라 생각했어.

김시종 창간호에는 다마쓰중학교玉津中学校에 다니는 재
일 학생들의 실태를 르포로 쓰거나, 유아사 가
쓰에湯浅克衛라는 작가의 단편소설 「간난이」를
리바이벌해 게재했어. 그런데 일본 제국이 행한
조선 침략의 선봉을 맡은 작가를 다시 옹호했다
고 하면서 비판에 기름을 부은 꼴이 됐고. 나도
엉망이어서 총련과의 사이에서 얼마나 분쟁을
일으켰던지. 이제 죽어도 그만이라고 생각할 정
도였단 말이야.

강순희 조선인회관에서 "죽여버리겠어" 하면서 쫓아다
닌 건 이 후의 일인가?

김시종 이 시기지. 『김일성선집』이 일본에서 나온 것은

언제였을까. 오사카부 동부의 교육문화부장이라는 사람이 민전民戰 시기에 당 활동을 함께 했던 동지이기도 했어. 일본어판『김일성선집』이 나오게 됐을 때, 표지를 열자 얇은 납지가 껴 있는 속표지에는 사진도 있었지. 실제로는 합성 사진이었지만. 백두산 산 정상에서 반신만 나온 김일성 장군이 백마를 타고 내려다보는 사진이었어. 그건 말이지 대동아전쟁 시기에 세상에 넘치던 쇼와천황의 사진과 판박이야. 납지 사이로 보면 말의 형태부터 반신이 휜 모양까지 똑같아. 이거야말로 김일성 장군을 모독한 것이 아니냐고 건의서를 제출했어. 나는 당시 문학예술가동맹 오사카지부 사무국장이었고, 그는 상부조직인 본부의 교육문화부장이었지. 건의문을 심의한다고 해서 그곳에 갔어. 높으신 분들이 늘어서 있고 내가 앉자마자, 교육문화부장이 내게 "이딴 걸 읽으라는 거야!!" 하면서 내 건의서를 뒤로 던져버렸어. 정말 화가 치솟더군. "이게 당내 민주주의인가. 죽여 버리겠어" 하고 덤벼들자 녀석은 줄행랑을 치면서 회관 안을 위아래로 뛰어다녔어. 사람들이 가까이 모여들어서 나를 안으며 말렸으니 망정이지, 그대로 부딪쳤다면 그 부장은 큰일을 치렀을 거야. 이미 나도 될 대로 되라는 심정이었으니까. 이런 치들에게 업신여김을 당하려고 일본까지 와서 연명한 것이 아니라고 생각하자 내 자신이 한심했지.

『지평선』 1955.12, 진달래발행소, 『일본풍토기』 1957.11, 고쿠분샤, 『일본풍토기』 II 어디쯤의 이야기일까요.

김시종 『일본풍토기』가 나온 것은 57년 11월이었으니까, 그로부터 4년 후의 일이었지. 시집을 기관에 상의도 없이 냈다고 말하면서, 몹시 괴롭혔지만. 그 놈들은 읽어도 무슨 말인지 이해도 못 했을 거야. 이해를 못 하니 비난도 별로 없었어.

『일본풍토기』 무렵

그러면 『일본풍토기』가 나왔던 무렵에는 시집에 수록되지 않은 작품도 몇 편 있었다는 말인가?

김시종 페이지 제한도 있었지. 작품 완성도도 고려했던 것 같은데, 7~8편 정도는 수록하지 않았던 것 같아. 『일본풍토기』를 고쿠분샤에서 내기는 했지만 거의 매입이었어. 매입을 해도 300부 정도는 금방 팔렸지만. 어쨌든 인쇄한 책은 바로 팔려나갔어. 그런 점에서는 조직 관련도 있고, 게다가 몸이 좋지 않은 것도 있어서 모두가 도와준 것이지. 『지평선』도 바로 다 팔렸는데 대금은 4할 조금밖에 회수되지 않았어. 말단 활동가들이 5권이나 10권을 가져가서 판매 대금을 그대로 먹어버렸으니까. 나도 굶어가며 활동을 했지만, 그들도 배를 곯고 있었던 거지. 무척 슬픈 이야기지만 어떤 날은 겨우 100엔이 없어서 병원 침대에 누워만 있던 나였으니까.

강순희 그 무렵 병원비는 어떻게 한 거야?

김시종 의료보호였어. 김철규金哲奎라고 외가 사촌인 동갑인 청년이 있었는데, 나중에 조선총련 나라현 奈良県 본부 위원장을 지낸 활동가였지. 그가 이쿠노구 관청의 복지과와 협의를 해서 의료보호를 적용시켜줬어.

강순희 식사도 거기서 나왔고?

김시종 맞아. 의료보호를 받고 입원을 하게 되면 당연히 병원 밥이 나왔지. 병원 밥은 사흘만 먹어도 질려버려.

강순희 굶는 것보다야 뭐라도 먹는 게 낫잖아.

김시종 하지만 저염식에다가 매일 같은 것만 나오니까. 하루 식사비가 200엔 정도였어, 그건.

강순희 200엔도 안 되지 않나? 내가 서른 살 무렵에도 스파게티가 120엔에 커피가 50엔 하던 시기니까.

김시종　100엔이나 했었나?! 어쨌든 겨우 굶어죽지 않을 정도의 행정보호였으니까. 게다가 믿고 있던 시집 판매 대금이 깨끗이 없어졌어. 10엔 하는 쿠페빵* 하나 먹지 못해서 배가 골아 몸을 망쳤다고 입원하는 동안 생각하니, 몹시 처량해졌지. 자주 울었어 나, 혼자서. 이런 꼴로 살아서 무슨 혁명운동인가 하고 생각했지. (웃음) 이럴 거면 제주도에서 새빨간 피를 흘리고 죽는 편이 떳떳했다고 생각했어. 그래서 나는, 지난 일을 다시 생각하지 않는 훈련을 계속 해왔어. 어쨌든 옛일을 떠올리면 밤에 잠을 잘 수 없으니까.

강순희　그렇게 중요한 일들을 모두 잊어버리게 된 거지.

김시종　아니야. 그건 훈련의 선물이야. 불면증이 계속되니까, 지난 일을 떠올리면.

3. 미발견 시, 9편을 둘러싸고

부모님과 '연락'이 엇갈리다

아직 못찾은 시 중에서 내용을 기억하고 있는 것이 있습니까?

---

* 　고구마 모양의 바닥이 납작한 빵.

제2부에서는 「두 개의 방」이군요.

김시종 그건 전화가 건너편 방에서 긴급 상황임을 알리듯 울려 퍼져서, 이제 한쪽 방에서는 전화를 받는 것이 무서워져서 받지 말아야지 하는 내용이었습니다. 아버지가 위독하다는 것을 알리는 전화인 듯한 기분이 들었죠. 전화가 울리는데도 내가 받지 않고 이쪽 방에 틀어박혀 있어요, 귀를 막고서. 그런 시입니다. 그것이 『화석이 여름』 맨 앞에 실린 「예감」의 원시原詩라고 할 수 있습니다. 「두 개의 방」이 몇십 년이 경과되자, 조용해져서 그런 작품이 됐습니다.

「두 개의 방」 다음에 「유품」이라는 아직 시를 찾지 못한 작품이 있고, 이어서 『진달래』에 게재된 「비와 무덤과 가을과 어머니와」가 이어집니다. 이 시에 아버님과 어머님 이야기가 큰 비중으로 나오는데요.

김시종 그거야 더 이상 참을 수 없어졌으니까 그렇습니다.

여기 있는 「유품」이라는 작품은 어떻습니까.

김시종 그게 몇 년도 작품이죠.

「연보」에는 '불명'이라고만 나와 있습니다.

김시종 스이타사건 당시 12명 젊은 동지가 쇠사슬을 서
로 묶고 선로에 엎드려 누워있던 적이 있었습니
다. 그중 한 명이 나중에 자살을 하는데, 그 유
품 가운데 회중전등이 남아서 스위치를 누르자
회중전등 불이 들어오지 뭡니까. 그걸 쓴 작품
입니다. 거기에 내 분신의 모습으로 고국의 부
모님께 쓴 편지를 등장시켰습니다. 거기에 쓰다
만 내 편지가 비춰지는 그런 내용이에요. 내용
은 선명히 기억합니다. 세탁도 하지 않은 낡은
옷을 아무렇게나 처넣은 상장 안에 회중전등이
있었는데, 퐥 하고 불이 들어오자 무언가 치밀
어 오르는 것이 있었어요.

시를 찾을 수 있으면 좋겠네요. 「두 개의 방」과 「유품」은 제2
부에서도 중요한 작품이군요.

김시종 학생동맹이나 그런 기관지 등에 썼던 시일 겁니
다. 그래서 조직에서 평판이 나빠졌어요. 어딘
가 투쟁적이지 않다는 거지요. 그 무렵, 프로파
간다를 쓰는 게 부끄러워졌으니까. 아무렇지도
않은 듯이 써서 낭독하거나, 대중에게 어필하는
것이 완전히 습관이 됐습니다.

사라진 작품은 주로 2부에 많군요. 제1부에서는 「밤의 자기磁氣」가 그렇습니다.

김시종 그 작품의 내용은 기억이 나는군요. 비교적 좋은 작품이죠. 내 작품 중에서 비교적 일정한 수준을 보여준 작품이 아니었을까 싶습니다. 나는 지금도, 지지지 하는 이명과 같은 소리가 날 때가 가끔 있어요. 돌아보면 연락을 하고 싶어도 할 수도 없는 관계, 4·3사건으로 이쪽으로 와버린 자신과 나라와의 관계가 배경에 있었다고 할 수 있죠. 하지만 밤이 되면 자력, 자기가 움직여서 어둠이 드리우고 무언가 의사소통이 그대로 되는 듯한 상태가 찾아옵니다. 어둠 속에서는 전체가 동일하게 연결돼버리는 듯한 그런 기분을 쓴 겁니다. 자석이라는 것은 남북에서 대치하고 있는 것이죠. 밤에 어둠이 오면 그 어둠을 사이에 두고 자력이 움직여서 남북에서 나와 접속하지 못하는 것이 지지지 하고 울리기 시작합니다. 「밤의 자기」라는 시는 내가 꽤 집착하는 시입니다. 시집도 그 시로 인해서 써볼까 생각했을 정도니까요. 자석이라고 하면, 남북과 플러스마이너스니까요. 남북으로 갈려있지만, 필연적으로 그것은 배반하고 대치하고 마주 보고 연결된 것이라는 생각이 있었습니다. 그것을 연결하는 것은 내 경우에는 밤의 정경이지만요. 그런 생각에서 「밤의 자기」라는 말을 발견했습니다.

「두 개의 방」이라는 시의 이미지와도 이어져 있군요.

김시종 음, 그런 것도 모두 같은 발상 속에 있어요. 한 편만으로 작품을 끝낼 생각은 없으니까요. 나는 무언가를 생각하기 시작하면 이렇게 둥글게 생긴 고리 모양으로 부풀고 이어져서, 달라붙는 것들을 붙잡으려 합니다. 지금도 그런 습관이 계속돼서 동일본대진재가 일어난 지도 이제 5년이 됐지만, 지금도 그와 관련된 것으로만 머리가 움직인다고 할까요.

프로파간다로부터 계절과 관련된 테마로

「이른 계절」에 관해서는 어떻습니까?

김시종 그것도 스토리는 기억하고 있습니다. 내가 소아천식을 앓았던 것도 있고 해서 말이죠. 환절기, 특히 가을에서 겨울이 될 무렵이면 천식이 곧잘 도졌어요. 서리가 내린 아침에 일찍 일어나서 학교에 가기 위해 골목길로 나온 아이들이, 이

미 기침을 해대고 있었습니다. 요컨대 그 아이
들은 계절의 변화를 재빨리 몸으로 체득하고 있
다는 그와 같은 내용입니다. 골목길에서 기침을
하고 있는 아이를 그린 작품이에요.

일본과는 완전히 다른 계절 감각이군요.

김시종 이카이노의 골목길은 쓸쓸하단 말이지. 나무
를 많이 심어놓은 것도 아니고. 학교에 가려고
집 밖으로 나가면 아이들이 콜록콜록 기침을
하고 있습니다. 이르게도 계절은 이 아이들에
게……, 아니지 아이들이 일찍이도 계절을 알아
채고……라거나 하면서 끝냈던 시로 기억하고
있습니다.

그런 의미에서 여기에는 계절과 관련된 테마가 나오는군요.
겨울이나 혹은 가을이나……. 계절 그대로 「겨울」이라는 작품
이 있었던 모양이죠?

김시종 그 작품은 기억에 없는데요.

그러고 보면 사계절과 관련된 테마가 많군요.

김시종 프로파간다가 부끄러워지면 어딘가 일본 서정
시에 있을 법한 것과는 별개로, 계절 감각을 표

현할 수는 없을까 하는 생각을 그 무렵부터 했
었던 것 같습니다.

그리고 「이 땅에 봄이 온다」라는 제목의 시가 있습니다. 이 시
는 어디에 실린 것인가요.

김시종　일조친선협회 기관지였죠. 공산당 계열의 영향
　　　　이 지대한 민간 단체였지만, 타블로이드판 기관
　　　　지를 내고 있었어요. 조선전쟁이 휴전이 되고
　　　　포탄을 맞아 움푹 팬 땅에 꽃이 피었다거나 대
　　　　략 그런 내용의 시였던 같습니다.

그밖에도 일조협회 기관지에 실린 작품이 있거나 하지는 않
나요?

김시종　두세 번 정도 더 썼던 것 같은 기억이 나기도 합
　　　　니다. 「이 땅에 봄이 온다」는 명확히 기억합니다
　　　　만. 아마도 신년호인가를 활판 인쇄 했을 때 실
　　　　었을 겁니다. 다른 건 다 손으로 찍었어요.

강순희　내가 노트를 한 권 봤어.

김시종　일부러 48년 몇 월이라고 써놓았지. 외국인등록
　　　　증 제도가 생긴 '48년쇼와 23년'에 일본에 있었다
　　　　는 증명을 뒷받침하려고, 만든 연월일을 말미에
　　　　곧잘 넣고는 했지. 실로 괴로운 시기였어. 외국

인등록증이 없었으니까. 난 비교적 꼼꼼한 면도 있지만 이사를 자주 한 것과, 『일본풍토기』II 출판이 틀어지면서 이미 자포자기 심정으로 술독에 빠져 살았어. 내가 양석일에게 약한 것은 그 녀석 정말 용케도 급성 알콜 중독으로 죽지 않았구나 하고 지금도 생각하고는 해. 몇 번이나 곤드라졌는지 몰라. 정말 제 정신이 아닌 상태로 퍼마셨어. 술값은 대부분 석일이가 어떻게든 마련했지.

「봄」이라는 시는 역시 조선전쟁 이후의 이미지일까요?

김시종 그렇지, 전쟁이 끝난 후지. 폭격으로 모두 사라진 마을에 농민이 돌아와서 처음으로 경작된 밭에 싹이 나거나, 꽃이 피거나, 그런 내용의 시가 아니었나 싶은데.

"봄에는 모든 것이 불타오르므로"라거나 비교적 봄을 모티프로 한 시가 많군요.

김시종 봄이 구제한다는 생각에 나는 계속 반발하는 마음이 있었지. 봄에는 끔찍한 기억밖에 없으니까.

지금 보자면 4·3사건도 끔찍한 봄의 기억 중 하나겠군요.

목숨을 연장한 '25년'

김시종 「우리는 하루를 쟁취했다^{ぼくらは一日をかちとった}」
는 말이죠. 자크 프레베르^{Jacques Prévert}의 번역 시
집을 구하게 돼서. 거기에 "이렇게 좋은 날을 말
이야, 고용주에게 줘버리다니"라는 그런 느낌의
시가 있는데, 그것과 비슷한 내용이에요. 활짝
갠 좋은 날씨에, 잔업에 잔업을 더해서 하루가
사라져가는 것에 반발하는 어딘가 그런 시였던
것으로 기억합니다.

어디에 발표했던 시인지 기억하시나요?

김시종 기억에 없습니다.

조금 드문 제목의 「복어」라는 작품이 있죠?

김시종 아, 그건 비교적 유쾌한 시입니다. 짧은 시로, 비
교적 좋아하는 편에 속합니다. 곧잘 썼군 하고
생각하는 시입니다. 10행 정도 되는 작품이었던
것 같은데, 비교적 근사한 작품이었어요. 어디
에 썼던 것일지. 복어의 독을 반전시켜서 쓴 기
억이 있지만. 솜씨 좋게 이었던 것만 기억에 남
아요.

이미지가 비교적 명확하네요. 꼭 찾았으면 하는 시입니다.

김시종 촌철살인과도 같은 그런 작품이었던 것 같은데 기억이 나지 않아요. 아까워. 어디에 없을까.

역시 맛은 있지만 독을 품고 있는 듯한 그런 것인가요.

김시종 복어를 잡아먹는 물고기가 또 있죠. 아니, 있을 거라고 생각하고 싶어요.

복어를 먹는다?

김시종 맞아요. 그런 물고기가 있습니다. 독이라고는 해도 한계는 화학방정식으로 알고 있지만, 생태계에서 이어져 있는 것에 그런 한계가 있다고는 생각할 수 없습니다. 그건 표현자라는 조건에서 보자면, 독기가 있는 것이 오히려 플러스죠. 비평이라는 것은 실은 독기를 말하는 것이 아닌가 하고 생각하기도 합니다. 무언가 그런 것을 내가 으음 비교적 잘 썼던 것 같아요.

하지만 방금 전에 말했던 「밤의 자기」도 그렇고 「복어」도 그렇고 운동과 관련된 잡지에 실린 것이 아니군요. 어디까지나 시 관련이고요. 그러므로 찾을 수 있을 것 같습니다만.

김시종 대개 등사판 인쇄물이 대부분이었던 시대였으

니까요. 우리와 연결된 네트워크는 등사판으로
전달된 것이었습니다.

그리고 「25년」이라는 작품도 있죠.

김시종 「25년」이라는 것은 제가 일본에 온 후를 말하는
것일까요. 사반세기라는 뜻이죠. 아마 일본에
온 후 25년을 말하는 것이거나, 전후 25년 중
하나일 겁니다. 전후 25년이라면……

70년 정도니까 시기가 맞지 않습니다.

김시종 어떤 25년이었던 것일지.

「먼 날」『지평선』 수록에는 "겨우 스물여섯 해를 살았을 뿐이다"
라는 구절이 있습니다만…….

김시종 아 그렇지. 내 나이와 관련된 것이 아닐까요. 25
라면 마침 입원했던 해일 겁니다. 우에니병원ゥ
ェ二病院*에서 그만 부모님 곁으로 돌아가라고 해
서, 내 자신도 글렀다고 생각했습니다. 부모님
은 곁에 없으시니 방금 전에 말했던 사촌에게
신세를 지고, 히노마루칸日の丸館이라고 하는 이

---

* 우에니병원(上二病院)을 말한다. 당시 오사카시 우에혼마치 니쵸메
(大阪市上本町二丁目)의 구석에 있었던 민중 의료 계열의 병원이다.

카이노쵸 나카로쿠쵸메猪飼野町中六丁目에 있는 영
화관 옆의 이쿠노후생진료소에 입원했습니다.
아마도 자리를 보존하고 누워서 거동도 힘든 자
신을 쓴 것이었을 겁니다.

작품이 길었다거나 짧았다거나 하는 식의 기억은 없으신지요.

김시종   그렇게 긴 작품은 아니에요. 25년 목숨을 부지
하고 병원 침대에 누워서……. 역시 부모님과의
관계 등 모든 것으로부터 절연돼 누워 있는 자
신……. 그 정도로 실로 오사카 전역에서, 긴키
近畿 일대에서 활동을 하면서도 한편으로는 이
렇게 쓰러져서 병원에 들어가고 나니 그야 말로
고독하지 뭔가. 조직으로부터 어떠한 손길도 없
었으니까요.

4.『니이가타』와의 관련

'북'으로 돌아갈 수 없으리라는 징조

『일본풍토기』II 제1부에 「종족검증」이라는 시가 수록돼 있고,
『니이가타』에는 장편시의 일부분으로 「종족검증」이 그대로 들
어 있습니다만 어느 쪽을 먼저 쓰셨나요?

김시종　「종족검증」이 먼저입니다. 『니이가타』라는 장편시집을 엮을 때 한 섹션으로 일찍부터 염두에 두고 있었습니다.

후일 『니이가타』에 포함된 것이로군요.

김시종　맞아요. 『니이가타』도 이미 띄엄띄엄 노트에 쓴 것이 있어서, 그것을 연관시킨 것이 59년이에요. 재일조선인은 말이죠, 저처럼 전후에 온 사람들의 불안정한 생활상, 특히 조직 활동가로서 살아가는 자신의 불안정함 같은 것들이죠. 게다가 귀국사업이 일어나기 시작하면서 북이 지상 낙원이라고 떠들던 시기로, 조선전쟁으로 한쪽이 불탄 벌판이 된 북공화국이, 낙원일 리가 없다는 생각이, 그런 것을 쓰게 했던 것이지. 결국 북으로는 돌아갈 수 없으리라는 징조와도 같은 작품입니다. 「종족검증」은 말이죠.

그 무렵은 저희들로서는 시대적으로 알기 힘든 구석이 있습니다만. 저희들이라면 예를 들어 소련을 예로 들어서 소련이 이상하다고 생각하더라도, 사회주의와 소련은 구별해야 한다는 생각이 조금 관념적이라고는 해도 있었습니다.

김시종　그건 아닙니다, 모두 그렇게 생각했답니다.

하지만 조선인에게 북은 저희가 생각했던 소련과는 다르지 않나요. 역시 조국이라는 생각이 아무리 해도 강하니까요.

김시종 남南의 반공 체제에서 우익이 득세했습니다. 인권 따위는 전혀 없는 상태를 보자면, 북은 김일성의 신격화가 노골적이었지만, 남보다는 그래도 말이지……. 그쪽의 실정을 잘 알지 못한 탓도 있겠지만 한국처럼 몇만이나 되는 사람이 감옥에 들어가지는 않는다는 선입견이 있었던 시기였어요. 그렇지만 정말로 내가 돌아갈 곳인가라는 번민은 떠나지 않았습니다.

작은 동물의 변신

김시종 전에 『니이가타』의 잉어가 나오는 부분이 어렵다고 했었죠?

네.

김시종 나는 자신이 다시 태어난다는 이미지가 있어서, 번데기라는 소재를 비교적 자주 썼습니다. 실은 집에 있는 연못에서 잉어를 키우면 제일 많이 주는 먹이가 누에고치의 번데기입니다. 고급 잉어에게는 번데기를 손으로 으깨서 던집니다. 마침 그걸 쓰던 시기가, 이케다池田 수상이 소득배증

계획론所得倍增計画論을 내세웠던 무렵이었죠. 전쟁도 끝났고, 전쟁 특수 경제라는 것도 일단락되고, 중류의식中流意識이 싹트기 시작했던 무렵이었습니다. 잉어는 니이가타 특유의 산업 중 하나이기도 한데, 제게 잉어를 키운다는 것은 중류사회의 상징과도 같은 것이었죠. 뜰에 있는 연못에 잉어를 키우고 있고, 나는 어떻게든 소생하고자 하는 번데기 상태로, 일본의 소득증배계획 속에서, 소생하는 내가 먹이가 되는 이미지죠. 관상용 잉어도 그렇고, 니이가타는 전국적으로도 고가의 잉어를 양식하고 있다고 들었습니다. 일본도 배금拜金, 실리주의에 박차를 가해갔습니다. 누가 뭐래도 돈이 제일이라는 생각이 강했던 시기였으니까요. 저는 일본에서 소생하는 것이 사회주의 국가 북조선에 도달하는 것이라고 생각해 왔었는데, 번데기처럼 고치 속에 틀어박혀만 있었단 말이지요. 소생하는 나는, 중류의식의 마님 손에 윤기 나는 먹이가 된 거죠. 일본에서 일을 해도 밥을 먹고살 수 없었던 이미지 같은 것이라 할 수 있습니다. 니이가타 특유의 산업에 잉어가 있다는 것과, 자신이 계속 미분화未分化된 채로 틀어박혀 있는 고치 속의 번데기입니다. 그

번데기가 마침내 껍질을 깼다고 생각했는데, 일본의 중류의식의 먹이가 되고 마는, 그래서 잉어와 번데기의 관계가 된 것이죠. 번데기는 훨씬 전에도 등장했고, '여자'라는 총칭을 썼으며 특정한 여성은 나오지 않아요.

부르주아 같은 여성이라는 이미지인가요.

김시종 실리주의로 돈이 최고라는 풍조가 퍼져갑니다. 여하튼 일본을 탈출하는 것이 소생할 수 있는 길임에도 막상 닥치고 보니, 나는 뭘 위해 북으로 돌아가려는 것인가라는 물음과 딱 맞닥뜨립니다.

처음에 말씀하셨듯이 『일본풍토기』와 『일본풍토기』 Ⅱ 등의 흐름으로 보자면, 비교적 동물이 많이 나오지 않습니까? 빈대, 쥐도 자주 나오고, 개도 그렇죠. 그런 작은 동물의 이미지가 있고, 그것이 『니이가타』에 이르면 스스로가 다양한 동물로 변신합니다. 그런 것들이 이어져 있는 부분이 있다는 느낌이 듭니다.

김시종 지렁이라는 것은 앞에 나선 곳에서, 해가 비추는 곳에서는 살아갈 수 없었던 것들의 화신化身 같은 것이죠. 요컨대 뒷골목이 아니면 살아갈 수 없는 재일동포와, 하물며 그곳에 잠입한 나.

잠입한 것 자체가 지렁이의 습성과도 같은 것입니다. 태양이라는 것은 모든 생명의 근원이지만, 내게는 태양에 비치면 죽는다는 이미지가 있어요. 그건 경찰이 관련된 사건이 일어나거나, 밀항자로 적발되거나 하는 것과 이어져서 자신은 지렁이로 살아갈 수밖에 없게 되는 거죠. 그러면서도 토양을 비옥하게 만드는 존재이기도 하지만. 앞에는 다다르지 못하고, 지하를 기어서만 니이가타, 38선에 다가갈 수 없다는 것이 그런 생명체로 변신하게 됐던 겁니다.

역시 지렁이가 땅을 비옥하게 만든다는 이미지도 있었던 거군요.

김시종 자신이 살아가는 것 자체가 곤란한 상태에 있으면서도 실은 그 존재 자체가 살아가는 장소를 말이지, 적어도 살아가는 장소를 마이너스로 만들지는 않아요. 그러기 위해서는 내가 잠입해서 살 수밖에 없는 인간이다, 생명체다, 그런 생각이었죠

번데기도 먹이지만, 지렁이도 한편으로 먹이군요. 낚싯밥이 되거나 하니까요.

김시종 이쪽에서 해를 입히지 않음에도, 당하는 쪽일
        수밖에 없죠.

4·3사건의 기억

4·3사건은 『니이가타』에서 꽤 많이 나옵니다만, 가장 이른 시
기에 쓴 것으로 「나의 성 나의 목숨」을 설정해도 될까요?

김시종 그게 이르기는 할 텐데 맞을까. 언제쯤일까요.

초출이 1959년 11월 『가리온』입니다.

김시종 그 무렵에 『니이가타』는 원고는 거의 다 준비가
        됐으니까. 그 관련으로 4·3을 좀 더 쓰고자 하
        는 마음이 들었던 시기의 시작詩作입니다. 그런
        것을 쓰면 자신의 정체를 드러내게 되기에 일본
        에서 거주권을 잃고 체포될 수도 있었어요. 언
        제고 망설이면서도 적어둬야 한다는 생각에 사
        로잡혀 있었죠.

「나의 성 나의 목숨」에 나오는 고래 이야기는 어디서 본 적이
있습니까?

김시종 음, 그건 책에서 읽었어요. 고래는 몸집이 크니
        까 필시 남근도 큰지 어떤지를 조사하자, 고래
        는 절명의 순간에 그걸 노출하고 죽는다고 하잖

아요. 사람이 목을 매어 죽으면 우선 탈분脫糞을 해서 대변이 나옵니다. 대변이 나오고 페니스가 팽팽하게 발기하게 되죠. 어지간한 노인이 아니면 그렇습니다. 그것이 구심성발기신경求心性勃起神經이라고 하는 것인데, 나치스의 아우슈비츠에서도 소녀들이 가스실에서 대부분 초경을 했다고 합니다. 목숨을 이으려는 성의 본능과도 같은 것이려나. 숙연해집니다.

그 시에서는 고래가 그런 상태에서, 포획돼서 그 부분이 방해가 된다고 잘라내고, 끝내는 그것을 플랑크톤 무리 속에 던지는 내용이죠. 거기에 "의형 김"이 나오는데, 바로 4·3의 기억과 겹쳐 있고요.

김시종 맞아요. 그건 목을 매달고 죽으면 페니스가 발기한다고 들었지만, 의학적으로도 역시 증명돼 있어요. 노인이 아닌 한, 젊은 서른 전후의 사람은 대부분 그런 상태에서 죽었다고 해야죠.

그러면 "의형인 김金"도 그랬을 것이라고 하는.

김시종 그건 내 상상의 실감이도 하죠.

5. 그 후 시집의 확장

늦어진 편지

「밝힐 수 없는 거리의 깊이에서」에서는 어머니의 편지가 그대로 보관돼 있어서, 몇 번이고 보내온 것을 다시 다른 곳으로 보내서 어머니가 돌아가신 후에 겨우 '나'에게 전해지는 장면이 있습니다만, 실제로 그런 일이 있었나요?

김시종 그건 실제 일어난 일을 쓴 겁니다. 내가 계속 이사만 다녀서, 거주하던 곳을 쫓아 편지가 인편으로 왔어요. 부전 두 장이 붙어 있었는데 두 번째 집주인인가가 받아준 편지였죠. 그건 노동조합에서 누군가가 보내준 것으로 나와 있었지만, 실제로는 전에 방을 빌렸던 곳의 집주인이 보내준 겁니다.

'젠테全逓 동지'*가 보내준 게 아니군요. 이사한 곳으로 전에 살던 집주인이 보내줬군요.

김시종 바로 허구를 넣고 마니 몹쓸 천성이야.**

---

* 젠테는 전체신노동조합(全逓信労働組合)을 말한다. 1946년에 체신성(逓信省) 노동조합으로 결성된 전체신종업원조합의 후신이다.
** 『일본풍토기』 II에 수록된 「밝힐 수 없는 거리의 깊이에서」를 보면 '젠테 동지'가 편지를 보낸 것으로 돼 있다.

『일본풍토기』 속표지를 보면 "아버지 무덤 앞에 바칩니다"라고 써 있고, 이 시집 「후기」에도 아버지를 향한 말이 기록돼 있습니다만, 『일본풍토기』 II에 어머님을 향해 무언가 쓰신 게 있나요.

김시종 『일본풍토기』를 낼 무렵에 아버지가 돌아가신 것을 알고서, 속표지에 헌사를 썼습니다. 『일본풍토기』 II는 제대로 책 구성을 하지 못한 채로 무산이 돼서 그런 마음을 쓸 수 있는 상황이 아니었어요.

후기는 생각하고 있으셨나요?

김시종 아닙니다. 원고를 보내고 얼마 지나지 않아 원고가 되돌아왔으니까요. 사문査問 위원회가 열리니까 철회하라고 했어요. 중앙 조직부에서 전화가 와서 "일조친선에 어긋"난다고 이즈카쇼텐에 항의하는 일이 있었고.

아 그렇군요. 조판이 됐다고 해도 교정지는 나오지 않았겠군요.

김시종 맞습니다. 원고를 보내고 바로였으니까요.

후기라거나, 그런 것은 일반적으로 교정지를 돌려줄 무렵에 주로 쓰니까요. 원고를 맡긴 후 출판사로서는 조판까지 했는데, 그게 무산됐군요.

김시종   그쪽은 아닌 밤중에 홍두깨식으로 갑자기 그만
두라는 말을 들었던 거죠. 정말 얼마나 폐를 끼
친 것인지. 그걸로 정말 자포자기했어요. 원고
를 들여다볼 마음조차 들지 않았습니다.

좀처럼 전송傳送까지는 해주지 않지요.

김시종   실락감失落感, 소중한 것이 없어졌다는 감정이라고 내
가 멋대로 쓰는 말이지만, 사는 것이 완전히 싫
어졌던 시기였어요. 목숨을 이렇게 부지하고 말
이죠, 아버지 어머니를 돌보지 않고서 이런 꼴
로 살아갈 필요가 있는가라고 생각했습니다. 양
석일이 "아저씨 자살하는 거 아니지"라고 걱정
했다는 이야기를 나중에 정인鄭仁에게서 들었는
데, 이미 살아갈 방편이 무엇 하나 남아 있지 않
았어요. 그런 덕분에 "재일을 살아간다在日を生き
る"라는 명제와 맞닥뜨리게 됐지만.

그러면 장정裝幀 등도 아직 하지 않은 상황이었나요.

김시종   발행소에서는 아마도 누군가에게 장정을 맡겨
놓지 않았을지.

『일본풍토기』는 꽤 인상적인 장정입니다만.

김시종 아, 요시나카 다이조吉仲太造라는 분입니다. 꽤
유명했던 모양이에요.

이카이노 풍경風景

「구멍」은 몇 번을 읽어봐도 무슨 뜻인지 잘 모르겠는데 어떤
작품인가요.

김시종 「구멍」은 꽤 멋진 작품이지만 독해는 어렵죠. 그
건 말이죠, 양석일이 자란 곳이 다이세도오리大
成通り라고 시영전차 정류소 근처였어요. 이마자
토今里에서 쓰루하시鶴橋를 지나서 사카이가와
境川에 이르는 센니치마에센千日前線 시영전차가
다녔습니다. 시영전차를 타고 내리는 길 정중앙
에 설치된 세이프티존安全地帶이 있는데, 그곳에
서 마지막 전차를 놓치면 이제 갈 곳이 없다는
발상입니다. 나는 그 당시 버스 요금도 제대로
낼 수 없는 생활을 했습니다. 한 발 헛디디면 이
제 고립무원 상태라는 강박관념에 빠져 있었죠.
기회는 언제나 틈을 엿보듯이 내 주위를 뛰어서
앞질러 간다는 것에 착안한 작품입니다.

한 남자가 있지 않습니까. 그가 맨홀 뚜껑이 없는 곳에 빠진다
는 설정이죠.

김시종 맨홀 뚜껑을 훔쳐가는 심보가 고약한 놈이 그
당시에도 있었죠.

곧잘 "조국의 운명으로부터 떨어져 있는 안전지대"라고 말씀
하실 때, 그런 이미지가 겹쳐 있습니까?

김시종 '세이프티존'이라는 울림에는 현장을 이탈해서
목숨을 이어간, 내 '재일'이 공명하고 있어요. 당
연히 이미지가 겹쳐집니다. 작품 중에 「샤릿코」
는 비교적 평판이 좋았던 시예요. 이 시는 군중
이 함께 낭독을 할 때 쓰이기도 했죠. 이 시에 나
오는 '아카ぁか'라는 것은 구리 철사를 말하지만,
흔히 이야기하는 빨갱이, 공산주의자를 말하기
도 해요. 모두가 그 반대인 '시로흰색'로 기울어
가던 시기였죠.

'아카'는 동전과 공산주의라는 것을 걸쳐 놓은 것이고, '아카'
에 대비되는 '시로'인 셈이군요.

김시종 그런 것이죠. 그리고 '시로'는 동시에 알루미늄
을 뜻합니다.

알루미늄에는 반공을 뜻하는 흰색을 걸쳐놓았고요.

김시종 공산당이 국회의원으로는 거의 제로에 가까운

상태가 되고, 공산당 알레르기가 널리 퍼져서 사회주의를 향한 희망 같은 것이 퇴조해 가던 시기였죠.

'아카'나 '시로'를 먹고서 어떻게든 황금을 낳는다는 작품이군요. 우카이 사토시鵜飼哲 씨는 이 시를 걸작이라고 평했습니다. 마침 동銅 수요가 줄고 알루미늄 수요가 늘어났던 시기이기도 했습니다. 가전제품 붐과 건설 러시로요.

김시종 그런 것이 가득 나왔던 시기였죠.

실제로 그런 일이 있었던 거군요. 하지만 그 시대에도 "예전에는 구리 철사를 먹었다./지금은 알루미늄을 먹는다"라고 하면, 그것만으로는 이상했던 거군요.(웃음)

김시종 그 당시 소비에트는 유별난 동경의 나라로, 합창찻집*에서도 모두가 소비에트 노래만 불렀어요. 그러다 한 순간 썰물이 빠지듯이 그런 노래는 부르지 않게 됐어요. 로커빌리 rock-a-billy**도 그 근처에서 나오기 시작했죠. 이번에는 뒤

---

* 1950년대 유행했던 찻집으로 리더가 노래를 선창하면 손님 전원이 합창을 하는 곳이었다. 1970년대에 쇠퇴했다.

** 미국에서 시작된 광열적인 리듬의 재즈 음악. 또, 거기에 맞추어 추는 춤. 로큰롤과 힐빌리(hillbilly, 컨트리송의 다른 명칭)가 결합된 명칭. 로큰롤 초기에는 컨트리가수들이 대거 로큰롤가수로 진출했다.

좇아 가듯이 로커빌리와 같은 미국의 팝이 유행하기 시작한 시기였습니다.

아파치[*]에 참가했던 당시의 체험도 배경에 있지 않나요.

김시종 '샤릿코'는 1엔 동전을 기본으로 한 이미지입니다. 쌀알, 백반을 나타내는 범어 '샤리'이기도 해요. 그때 1엔이라는 것은 돈 축에도 못 낀다고 했습니다. 1엔 동전을 줍기 위해서 허리를 구부리고 줍는 에너지보다 1엔이 더 싸다고 어떤 물리학자가 쓰기도 했고요. 1엔은 무시당하는 존재였습니다. 1엔이 필요해지는 것은 일본에서 버블이 붕괴된 이후입니다. 그러니까 1엔 동전은 널려 있었던 겁니다. 그렇게 흔히 널려 있는데 생활은 조금도 편하지 않았어요. 특히 우리 동포의 생활이라는 것은……. 내가 집착한 것은 1엔 동전이었습니다. 아파치의 철을 캐는 가치로 보자면, 알루미늄은 비싼 것입니다. 우리 동포는 가난하지만 가난하기에 오히려 가치가 있는 알루미늄이 주위에 흔히 널려 있었어요. 그것이 이 시를 쓰는 밑바탕이 됐습니다. 밥을 먹

---

[*] 일본이 패전한 이후 오사카포병공창(大阪砲兵工廠)에 남아있는 불발탄 등의 철을 훔친 사람들을 일컫는 용어다.

기 힘든 우리가 1엔 동전을, 식사로 먹는다. 그 렇게 입 안에서 으드득 으드득 소리가 납니다. 그런 이미지가 여러 개 겹쳐졌습니다. 작품은 단조롭지만 리듬감이…….

리듬감이 좋습니다.

「노동 승천」이라는 작품이 시간이 꽤 흘러서 『이카이노시집』1978.10, 도쿄신문출판국에 실렸더군요. 시대가 꽤 차이가 나는데도 『이카이노시집』에 넣은 것은 어째서입니까.

김시종 그 당시 나도 밥줄이 끊어져서 장인어른이 하시고 있던 작은 공장에서 전근대적인 손재봉틀의 플라이휠을 만드는 일을 잠시 했던 적이 있어요. 「노동 승천」은 장시간 노동이 당연시되는 영세한 작은 공장에서 벌어지는 노동자의 울적함을 그린 것입니다. 손으로 돌리는 미싱의 핸들의 플라이휠을 다신총多身銃에 견주어 마구 쏘아댄다는 내용이에요. 『일본풍토기』 II는 출판이 되지 못 했기 때문에, 그 시를 『이카이노시집』에 넣었어요. '재일'의 노동 실체를 보여주는 하나의 실례로 쓴 것이죠. 그 당시는 테러라는 특수한 용어가 사회적으로 나돌던 시대였는데, 내 울적한 울분은 테러에 이르는 심정을 침울하게 품고 있었습니다. 미국에 의한 반공 시프트가 동남아시아에 걸쳐 강렬하게 전개되던 시대여서 「노동승천」에서는 더욱 난폭해졌던 거지요.

살아갈 방편이었던 '북'

「감방을 열어라!」의 끝 부분에 "이 땅의 발 디딜 곳에서 / 그가 날개 짓을 할 곳은 / 바다 저편 / 북에 있다."라고 쓰고 계신데 어떤 이미지입니까.

김시종 허구의 작품이기는 했지만, 강권 독재하의 한국에 갈 수는 없으므로, 아직 "정의의 나라"로 여겨졌던 "북 공화국"을 지칭해서 만든 구절입니다. 프로파간다 중 하나이기는 해도, 역시 북조선에 대한 내 혼미함을 보여주는 것입니다.

역시 『니이가타』의 테마와 기본적으로는 같군요.

김시종 오무라수용소大村收容所에 연행되면 그 당시는 '북'과 교류가 없었으니까, 지금도 국교는 없지만, 북에 돌아가겠다고 하는 것만이 강제 송환을 지연시킬 수 있었어요. 일본 쪽에서는 북으로 보낼 수 없으니까, 북으로 돌아가겠다는 것이 오무라수용소에 수용당한 사람들이 단 하나 말할 수 있는 투쟁 요구였죠. 이승만 정권 말기

'현대시를 논하는 저녁 때', 1958년 8월. 하라 게이지(原圭治) 제공.

즈음인데, 그래서 한국에 송환되지 않는 대신에 오무라수용소에 몇 년이고 수감된 상태가 계속 됐던 시기였어요. 조금 장황하다고 생각할 수도 있지만 이 시기에 북은 아직 정의였으니까요. 한국에 비하면 말이죠. 전후 복구도 빨랐고 활력도 넘치는 느낌이었어요. 북은 역시 정의라고 생각했던 시기였으니까, 60년 전후까지입니다 만. 내게도 아직 북이 살아갈 방편이었던 시대 였어요. 비판을 받으면서도 역시 북은 내게 정 의였고 살아갈 방편이었죠.

현대시 와카야마和歌山 연구회 선집에 「복권으로 산다」가 실려 있는데, 도서관에도 소장돼 있지 않아서 찾지 못했습니다. 그 래서 와카야마의 시인 야마다 히로시山田博 씨가 보내준, 함께 '현대시를 논하는 저녁 때'라는 강연회의 전단 복사지도 받았

습니다만 이 강연회를 기억하십니까. 1958년 8월 17일에 와카야마에서 열린 강연회입니다. 김시종 선생님은 「시와 유민의 기억詩と流民の記憶」이라는 제목으로 강연하셨고요.

김시종 아, 갔었던 기억이 납니다. 그 쪽에서 녹취를 따서 활자로 나왔었지 않나. 와카야마에는 두 번 정도 갔었어요. (전단지를 보면서) 이 멤버, 이노우에이노우에 도시오(井上俊夫)는 확실히 함께 갔던 기억이 나는데, 도미오카 다에코富岡多惠子도 갔었나, 와카야마까지. 이 무렵의 기억이 애매해서 말이지……. 이누이 다케토시는 사무일 비슷한 것을 했으니 가기는 갔을 겁니다. 거기서 숙박하며 밤새 마셨던 기억이 나니까. 미나토노(미나토노 기요코港野喜代子) 씨는 여하튼 즉흥시를 읊거나 해서 20~30분 정도는 말했습니다.

도미오카 씨가 젊었을 적이군요.

김시종 첫 시집을 낼 직전 아니었던가요.

선생님의 강연 내용은 유민의 기억 논쟁에 관한 이야기였을까요.

김시종 그와 관련된 이야기를 해달라고 했었던 것 같습니다. 제목이 「시와 유민의 기억」이니까…….

오늘 말씀을 들으면서 시간이 많이 흘렀지만 작품 한 편 한 편을 기억하시는 것이 인상적이었습니다. 아직 찾지 못한 작품도 어떤 느낌의 시인지를 알 수 있어서 좋았습니다. 「두 개의 방」과 「유품」, 「복어」 등은 꼭 찾을 수 있었으면 좋겠습니다. 맞아요, 읽고 싶습니다.

김시종 여러분(호소미 씨, 우노다 씨, 아사미 씨)의 호의 이상의 후의가 있었기에 고생하시며 찾아봐주셨던 것이니, 내가 죽어도 흩어진 시고詩稿에 관한 이야기가 이렇게 남게 되는 겁니다. 앞으로 3년 지나면 나도 만 90세고. 아마도 저쪽 세상에 간 후가 아닐지.

아닙니다, 무슨 말씀을요. 그렇지 않습니다. 오늘 정말 귀중한 이야기를 들려주셔서 감사합니다.[*]

---

[*] 〔원주〕 이 인터뷰는 2016년 2월 7일에 오사카 쓰루오카에서 했던 것에, 시집 『이리프스(イリプス)』 IInd 제7호에 게재했던 인터뷰(2011년 1월 30일, 김시종 시인 자택, 인터뷰어 호소미 가즈유키와 아사미 요코), 동인지 『논조(論潮)』 제6호 게재 인터뷰(2021년 2월 1일, 김시종 시인 자택, 인터뷰어 호소미 가즈유키와 아사미 요코)를 합친 것이다. 원고는 김시종 시인의 확인을 받았다.

무풍지대 속에서 창의성을 찾아
밝힐 수 없는 거리를 넘는다

오세종(류큐대학 교수)

재일조선인 일본어 시인 김시종의 『일본풍토기』, 그리고 최근 완전 복원된 『일본풍토기』 II가 한국에서 번역 출판되어 일본, 일본어를 넘어서 읽히게 된 것을 매우 기쁘게 생각한다. 이 글에서는 『일본풍토기』, 『일본풍토기』 II 각각에 대해 기본적인 관점을 제공하고자 한다.

1. 『일본풍토기』, 『일본풍토기』 II의 역사적 배경

김시종의 두 번째 시집 『일본풍토기』는 첫 번째 시집 『지평선』으로부터 2년 후인 1957년 11월 고쿠분샤国文社에서 출간되었다. 『일본풍토기』에 수록된 작품은 주로 1956년부터 57년까지 쓰여진 28편과 『지평선』에서 재수록된 3편을 포함하여 총 31편이었다. 또한 『일본풍토기』 II

는 주로 56년부터 60년까지 작품 29편을 수록하여 1961
년경 이즈카飯塚書店에서 출판할 예정이었다. '출판 예정'이
었다고 쓴 것은 1955년 결성된 재일조선인총연합회이하, 조
선총련에 의해 출판사가 압력을 받아 『일본풍토기』 II 출간
자체가 무산되었기 때문이다.

　두 시집과 관련된 역사적 배경과 관련해서 관심을 끄는
것은 『일본풍토기』의 「후기」일 것이다. 짧지만 두 시집을
읽는 데 중요한 포인트를 몇 가지 확인할 수 있다. 우선 김
시종은 일본에서 산다는 사실을 이렇게 해석한다. 재일동
포는 재일을 '우연'한 것으로 치부하기 쉬운데, 그렇지 않
기 위해서는 '일본'의 '풍토'를 적는다는 "과장된 자세"가
필요했다고 말한다. 사전적으로 풍토기란 지역별 풍습, 풍
속 등의 기록이다. 일본이라면 도쿄나 오사카 등 개별 지
역의 문화 풍습을 기록한 문헌이 될 것이다. 그러나 김시
종이 굳이 '일본'풍토기라는 "과장된 자세"를 취한 것은 재
일조선인의 눈에 보이는 사회, 문화, 역사를 '일본'이라는
하나의 덩어리로 파악하는 것이 그 풍토 속에 있는 재일조
선인의 삶의 모습을 제시할 수 있다고 생각했기 때문이다.
여기에는 식민지 조선에서 '일본'을 수용한 자신의 경험을
비판적으로 대상화하려는 의도도 있을 것이다. 그렇기 때
문에 일본에서 살아 있다는 사실을 '우연'으로 만들지 않
기 위해서는 필연적으로 식민지의 경험까지 포함해 '일본'

을 대상화하지 않을 수 없다. 아울러 "과장된 자세"라는 말도 지나치게 큰 주제를 굳이 선택했다는 것이 아니라, 주체적으로 '재일'을 살 때 피할 수 없이 요구되는 '일본'과 대면하는 방식임을 의미한다.

이어 「후기」에서 김시종은 "그런 만큼 나로서는 자신의 창작 활동과 일본의 현대시 운동 사이의 결속을 더욱더 신경 써야만 한다", "이 시집도 일본의 현대시 운동이라는 선상"에서 읽어주었으면 좋겠다고 말한다. 왜 일본에서 사는 것을 '우연'이라고 하지 않는 것이 일본의 현대시 운동과 연결되는가. 이에 대해서는 1950년대 초부터 전개된 일본의 문화운동을 상기할 필요가 있다. 예를 들어 민주주의과학자협의회1946년 창설는 일본이 아직 GHQ 통치하에 있던 1951년과 52년에 이시모다 타다시石母田正를 중심으로 한 '국민적 역사학운동'을 추진하기로 조직적으로 결의한 바 있다. 노동자 농민들이 주체적으로 자신들의 역사를 써 나가려는 운동이다. 아래에서부터 역사를 기술함으로써 전쟁에 돌입했던 시기와는 다른 '국민'과 '국민에 의한 역사'의 재창출을 목표로 하였기 때문이다.

이런 운동은 역사뿐 아니라 문학 영역에서도 일어났다. 일본 각지의 공장마다 조직된 서클 시운동이 그것이다(그밖에도 연극, 판화, 코러스(노래) 등에서도 조직적인 운동이 이루어지고 있었다). 유명한 서클 시지나 조직으로서는 규슈의 '서클 마

을 サークル村'이나 도쿄 남부의 '신마루코 문화 집단新丸子文化 集団'이 있다. 문학영역의 운동에서도 노동자들이 시를 지음으로써 '국민의 문학'을 (재)창출하는 게 목표가 되었고, 나아가서는 새로운 '일본'을 다시 만들려고 했다. 김시종이 말하는 "일본의 현대시 운동"이란 50년대에 일본을 다시 시작(리부트)하려는 그러한 문화운동을 가리킨다.

김시종의 가까이 있던 "일본의 현대시 운동"으로는 사회주의 리얼리즘의 계보에 있는 시지 『열도列島』와 『산하山河』를 들 수 있다. 김시종은 1953년경 이미 『산하』 멤버였던 하세가와 류세長谷川龍生, 이노우에 도시오井上俊夫, 하마다 도모아키浜田知章, 도미오카 다에코富岡多恵子 등과 교류를 가졌지만 여기서는 『열도』에 주목하고 싶다. 『열도』는 한국전쟁이 한창이던 1952년 3월에 창간되어 일본이 GHQ로부터 독립하고 경제기획청이 "이제는 더 이상 전후가 아니다"라고 선언한 이듬해인 55년 8월까지 존속한 시 잡지이다. 세키네 히로시関根弘나 안도 쓰구오安東次男 등이 중심적 역할을 한 『열도』는 일본 전후 시사詩史를 논할 때 빼놓을 수 없지만, 김시종의 사상과 관련해 중요한 것은 이 잡지가 일본적 서정日本的抒情을 비판적으로 바라봤다는 점이다. 『열도』가 그런 성격을 가진 이유에 대해 스즈키 다카네鈴木貴宇는 전시 중 산화散華의 사상으로 기능한 서정이 전후에도 같은 역할을 한다면, 다시 '일본' 전체가 삶을 포기

하고 죽음을 긍정하게 될 수 있기 때문에 철저한 서정 비판이 요구됐기 때문이라고 논하고 있다.[*] 정곡을 찌른 지적일 것이다. 『열도』라는 시지 제목 자체에 일본적 서정을 통째로 대상화하려는 의도가 담겨 있었다. 아울러 『열도』 지면을 일본 전국의 서클 시詩가 보다 대중적인 확대를 갖도록 구성한 것도 산화로서의 서정을 일본 전체에서 비판적으로 극복하기 위해서였다. 일제강점기 일본 서정시에서 큰 영향을 받은 경험을 비판적으로 다시 포착한 김시종이 『열도』의 이 방침에 강한 공감을 가진 것은 상상하기 어렵지 않다. 뿐만 아니라 『열도』의 사상적 근간에는 단가적 서정短歌的抒情을 노예의 운율奴隷の韻律이라고 갈파한 오노 도자부로小野十三郎의 사상도 스며들어 있었다. 일본에 건너온 직후 오노의 『시론詩論』을 읽고 큰 충격을 받았던 김시종은 그 점도 간과하지 않았을 것이다.

즉 김시종이 『일본풍토기』를 "일본의 현대시 운동"의 선상에서 읽어달라고 한 것은 '일본', '국민', '서정'을 재구축하려는, 주로 문화영역에서의 시대적 동향에 공명하면서 거기에 '우연'을 넘어설 가능성을 발견했기 때문이다.

하지만 『일본풍토기』가 출판된 57년, 일본에서의 "국민

---

[*] 鈴木貴宇, 「消えた風景と見えない歴史―『詩人会議』と『列島』」, 『コレクション・戦後詩誌第8巻 社会主義リアリズムの系譜』, ゆまに書房, 2017, p.1052.

적 운동"은 이미 쇠퇴해 가고 있었고, 김시종이 중심이었던 시지『진달래』와 조선총련과의 불화도 격화되고 있었다. 『진달래』15~16호^{1956년 5월호, 8월호}에서는「유민의 기억」논쟁으로 불리는 김시종 비판이 일어났고, 또 18호^{57년 7월}에는 김일성을 기릴 만한 전형적인 조선어 시를 쓸 것을 강요하는 조선총련의 문화방침을 강하게 비판하는 김시종의 에세이「장님과 뱀의 억지문답」이 발표됐다.[*] 그러한 사실에서 보면 『일본풍토기』는 일본의 문화운동이 쇠퇴하고 조직과의 알력이 격화되는 가운데 홀로 역사·민족·국가·서정·재일이라는 실존에 마주하기를 계속 시도한 고고한 시집이라고 할 수 있다. 또한『일본풍토기』II의 출판이 예정됐던 무렵에는 귀국 사업이 시작되어^{1959년부터}, 일본에서 사는 것을 다시 '우연'으로 간주하는 사고로 회귀하고 있었다. 만일『일본풍토기』II가 출판되었다면 더욱 고고한 시집이 되었을 것이다. 이상의 배경을 토대로 두 시집을 각각 보고 싶다.

---

* 이에 관해서는 김시종의 첫 시집『지평선』한국어 번역본(소명출판, 2018)의 해설「위기와 지평 -『지평선』의 배경과 특징」(오세종)을 참조할 것.

2. 풍토 속의 '풍토'를 전하는 시집, 『일본풍토기』

『일본풍토기』는 두 파트로 나뉘어 있다. 제1부 "개가 있는 풍경"과 제2부 '무풍지대'가 그것이다. 이는 첫 시집 『지평선』진달래 발행소, 1955이 제1부 "밤을 간절히 바라는 자의 노래"와 제2부 "가로막힌 사랑 속에서"로 구성되어 있는 것과 동일하다.

논문 「시를 사는 사회주의자─김시종 『지평선』을 읽는다」『敎育國語』 4(22), 2021에서 나는 『지평선』 제1, 2부의 차이는 대상과의 거리를 가늠하는 방법에 있다고 썼다. 즉 비교적 빠른 시기에 쓴 작품을 수록한 제2부는 대상과의 사이에 시간적·공간적 거리가 있어 그것이 대상과 관련될 수 없는 여백을 초래하는 것과 함께 「유민애가流民哀歌」라는 작품 제목이 상징적으로 나타내듯이 서정을 유발한다. 그러나 제1부에서는 자각적으로 현재에 입각함으로써 그 거리가 줄어들고, 그것이 세계사적 사건을 자신의 '지금 여기'의 문제로 끌어들여서 '애가'와 같은 서정을 단단한 노래로 탈바꿈시켰다. 바꾸어 말하면 과거 현재 미래를 분리해서 파악하는 관점에서 현재에 과거와 미래를 통합하는 시점으로의 변화야말로 시인 '김시종'을 탄생시킨 핵심이다.

『일본풍토기』에서는 이 현재시現在時에 입각하는 의의와 어려움이 더 깊이 있게 의식되고 그로부터 시가 쓰였다.

이를 '창의성'과 '무풍지대'라는 용어를 중심으로 살펴보고 싶다. '창의성'은 제1부에 앞서서 『일본풍토기』 선두에 놓인 작품 「빈대」에 등장한다.

젖은 걸레로
성벽을 쌓아
마침내 제왕이 됐다고 생각할 때.
천장에서 툭툭 떨어진 것이 있었다.
빈대다.
이 녀석의 창의성이라면
충분히
내 피 열 방울 정도는
줘도 좋다.

편한 잠을 위해 인간이 만든 걸레 '성벽'과 그 이면을 긁듯 천장에서 습격해 연명하려는 '빈대'. 그 '빈대'의 시도는 '창의성'으로 상찬된다. 따라서 그것은 이른바 마이너리티의 삶과 생명력을 직간접적으로 의미한다.

이러한 '창의성'의 다양한 표출이라는 관점에서 제1부 "개가 있는 풍경"을 읽을 수 있다. '빈대'뿐만이 아니라 '개', '풀', '인디언'(오토바이), '쥐', '게', '뼈' 등 다양한 존재의 '창의성'이 담겼기 때문이다. 예를 들어 「정책발표회」에서는 일본공산당의 정책발표회장으로 향하는 '나'를 태운 택시가 개를 치어 버린다. 그러나 그 개는 "검은 피사체"가 되어 '나'의 망막에 새겨져 계속 따라다닌다. '빈대'와 같은 강인함은 없지만 마이너리티의 삶을 계속 기억시키려는 데서 '창의성'을 읽을 수 있을 것이다. 혹은 「제초」에서 낫으로는 제거할 수 없는 하초를 '근절'하기 위해 '휘발유'가 사용된다. 이는 4·3항쟁 당시의 '초토화 작전'을 염두에 두고 있는 것으로 해석 가능하다. 그러나 어쩌다 불꽃은 내 속눈썹을 태운다. 이것은 마이너리티의 '창의성'에 둘러싸인 인간의 상황을 비유적으로 보여주는 장면이라고 읽어도 좋다. 이 밖에도 「우라토마루 부양」에서는 '뼈'에 역사를 환기시키는 역할이 부여되고 있으며 '창의성'은 산 자뿐만이 아니라 죽은 자에게도, 그리고 역사에도 깊이 관련되어 있다.

다른 한편으로 '창의성'을 빼앗기는 상황도 그려져 있다. 예를 들어 칸막이 방에 모기를 가두고 살충제로 숨이 끊어지게 하는 모습을 그리는 작품 「확실히 그런 눈이 있다」처럼 말이다. 그러나 또 다른 한편으로 그런 살육을 벌이는 '나'는 자신을 바라보는 다른 눈을 등 뒤에서 계속 느끼고 있다. 이는 단순히 '창의성'의 발현을 봉쇄하는 것만이 아니라, '창의성'의 '창의성'의 '창의성'……과 같은, 그 발로를 둘러싼 정치가 존재함을 의미한다.

덧붙여 마이너리티가 항상 '창의성'을 발휘하려 하는 것이 아니라는 점도 그 발로를 둘러싼 정치와 관련해 주의 깊게 작품화돼 있다. 작품 「가출」에는 울타리가 쳐졌는데도 날지 못하는 닭이 등장한다. 정신이 들었을 때는 이미 길들여져 '창의성'을 스스로 포기한 모습일 것이다. 1957년에 쓴 이 작품은 "닭은 울지 않을 수 없다"라고 노래한 시인 허남기 비판이기도 하다.

그 같은 '창의성'을 둘러싼 상황이나 정치는 주로 제2부 '무풍지대'에서 읽을 수 있다. '무풍지대'란 말하자면 폭력을 수반하거나 폭력 없는 배제가 일어나는 장소이며, '창의성'의 발현 가능성과 깊게 관련된 장소이다. 이를 몇 가지 관점에서 보고 싶다.

작품 「무풍지대—R에 보낸다—」에서는 어느 폭풍우 밤 끊어진 고압선이 '나'를 날려버리고 아내를 불태워 버리는 장면이 있다. 폭풍에 의한 피해는 어디까지나 자연재해이다. 그러나 그 피해를 직접적으로 입는 장소 외에는 나의 주거를 얻을 수 없는 것은 작위적이며, 이는 구조화된 사회문제이다. 고압선으로 날아가는 '나'의 모습은 그러한 구조적 배제의 장으로서의 '무풍지대'를 농밀한 이미지로 전하고 있다. 바꾸어 말하자면 '창의성'은 그 정도로 어려운 상황 속에서 요구된다는 것이다.

구조적 배제의 장으로서의 '무풍지대'는 경제적인 측면

에서도 표현된다. 1950년대 당시 작은 공장을 차리며 힘겹게 살아가야 했던 재일동포는 허다했다. 안전장치가 기계에 붙어 있지 않거나, 무슨 일이 일어났을 때 재빠르게 뒷받침을 할 일손이 없거나 해서 큰 사고가 다발했다. '다쓰오 군'도 또한 프레스에 물려 오른팔을 관절에서 잘라낸 한 사람이다. 그리고 '다쓰오 군'을 대체할 사람이 바로 조선인이다.

> 구왕
> 구왕
> 하는 땅울림 소리를 내며
> 누군가가 다쓰오 소년의
> 뒤를 이어 앉는다.
> 그리고 정확무비한 아가미 속으로
> 간격을 잇는 뒤지처럼
> 기름투성이인 손바닥이 늘어났다 줄어든다.
>
> —「열쇠를 가진 손」 부분

여기에 있는 "누군가"란 재일조선인 누구든 상관없는 누구이며, 그러한 치환이 가능하게 하는 재일조선인에게만 특화된 경제적인 '보편성'을 의미한다. 이 한정적이면서도 '보편적'인 대체 가능성이야말로 경제적인 측면에서 가시화되면서 구조화된 배제의 장('무풍지대')을 드러낸다. 뿐만 아니라 구조화된 배제는 조선 문제에 관심을 갖고 있는 양심적인 사람들 사이에서도 일어난다. 「내가 나일 때」를 언급하고 싶다. '기바 군'과 '김 군'은 다방에서 한국과 일본의 축구경기를 시청하고 있다. 멜버른 올림픽1956의 출전권을 건 한일 국가대표 팀의 경기이다. 독재정권을 펼치고 있는 한국에 비판적인 '기바 군'은 역설적으로 남북분단의 주된 원인이 된 일본을 응원하고 '김 군'도 같은 의견일 것이라고 믿어 의심치 않는다.

(도대체 자네는 어느 쪽이야!?

한국이 이기길 바라는 건가?

아니면 지길 바라는 건가?

나도 알 수 없어.

다만 '조선'이 이기길 바랄 뿐이야.

무슨 소리를 하는 거야!

저건 한국을 대표하는 선수단이잖아!

이승만이 힘을 과시해도 좋다는 거야!?

그만 말해!

그걸로 내 머릿속은 지금 가득하다.

그 '조선'을 찾아야만 한다!)

이 작품에서 읽히는 대로 냉전체제하에서 남과 북의 선택을 강요하는 것 또한 구조화된 배제를 강화해 결과적으로 '창의성'의 발로를 방해한다. 살아가고자 하는 자유로운 삶을 제한하기 때문이다. 이처럼 '무풍지대'는 정치적·경제적·사회관계적으로 봉쇄된 장소를 의미하며 '창의성'이 상실될 위기의 공간이기도 하다. 또한 이 봉쇄는 모기를 살충제로 죽이는 모습을 그린 「확실히 그런 눈이 있다」에서 본 것처럼 닫힌 상자의 모티브로 표현되어 있다. 「일본의 냄새」, 「뉴룩」, 「흰 손」 등에서 상자의 모티브가 빈출한다. 한편, 「젊은 자넨 나를 믿었지」처럼 '무풍지대'에 바람을 불게 하는 작품도 존재한다. 조선인 노파가 서투른 일본어로 쓰루하시鶴橋가 어딘지를 같은 전철 안에 있는 일본인 모녀에게 묻는다. 이상한 일본어 때문인지 엄마는 대답하지 않는다. 딸은 부끄러움도 있어서 대답을 못한다. 그 자리에 있던 '나'는 딸이 노파에게 알려줄 것이라 믿고 가만히 상황을 지켜본다. 하지만 모녀는 아무것도 전하지 않은 채 노파를 남겨두고 전차에서 내린다. 그때,

노파가 밖으로 목을 내밀고
그대의 하얀 버선이
플랫폼의 골짜기에 떠올라.

다음은
쓰, 루, 하, 시야.

　구조화되어 고정적인 사회관계에 조금 바람이 부는 장
면이다. 그러나 또 다른 한편으로 바람과 관련해서 김시종
은 '무풍지대'를 원자폭탄의 폭심지로 연결시키는 것처럼
보인다. 여기에 김시종이라는 시인의 투철한 인식이 있다
고 해도 좋다. 한때 버스에 앉아 있던 '나'는 눈앞에 서 있
는 임신부 배에 질식될 뻔한다. 그 순간 '나'가 "임신하고"
거기에서부터 연면히 이어지는 '아버지', '아버지의 아버
지'가 상기되는 곳도 깊은 분석이 필요하다. 당황해서 임
산부에게 자리를 양보하는데 그녀가 '털썩' 앉자 버스는
출렁거리며 "8월 6일의 한복판"에 달한다(「만 년」). "8월 6
일"은 말할 것도 없이 히로시마에 원폭이 투하된 날이다.
원폭 폭파는 그 중심이 무풍으로 그 밖에서 심한 폭풍이
부는 것이라면 "8월 6일의 한복판"이란 '무풍지대'의 다른
이름이며, 그래서 그곳은 한순간에 모든 것의 숨통이 끊어
지는 자리다. 그렇게 보면 『일본풍토기』 마지막에 수록된
시 「이카이노 이번지」는 원폭에까지 연결된 '무풍지대'를
조선인 부락으로 구체화한 작품이다. 그리고 이 시의 끝이
"이카이노猪飼野 입구에 당도하기 위해서는 / 내가 아니라
해도 / 필사적인 종鐘이 필요했던 것인지도 모른다"라는

표현은 '무풍지대'의 복잡함과 색다름을 전해서, 쉽게 전환할 수 없는 장소임을 전한다. 이처럼 『일본풍토기』는 일본의 풍토에서 비가시화된 '무풍지대'를 다면적으로 묘사하며 풍토 속의 '풍토'를 전하는 시집이라고 할 수 있다. 이 연장 선상에 『이카이노 시집』1978도 있다. 그리고 이 관점은 『일본풍토기』 II로 이어진다.

3. 밝힐 수 없는 거리를 넘어, 『일본풍토기』 II

이번에 『일본풍토기』 II가 완전 복원되면서 발견된 9편의 작품은 「밤의 자기」, 「두 개의 방」, 「유품」, 「이른 계절」, 「겨울」, 「이 땅에 봄이 온다」, 「우리들은 하루를 싸워 이겼다」, 「복어」, 「25년」이다.* 이 중 「밤의 자기」를 제외한 8편이 제2부 작품이다. 또한 『일본풍토기』와 『일본풍토기』 II를 나누는 사건으로 아버지 김찬국金鑽國의 별세1957.10와 어머니 김연춘金蓮春의 별세1960.4.3가 있었음을 명기해 두고 싶다. 특히 아버지와 어머니의 별세를 애도하는 시는 『일본풍토기』 II 제2부에 큰 영향을 끼치고 있다. 『일본풍토기』 II도 2부로 구성되어 있다. 제1부가 "익숙한 정경", 제2부가 "밝힐 수 없는 거리의 깊이에서"이다. 『일본풍토기』에서 보여준 '창의성'과 '무풍지대'라는 관점에서 『일본풍토기』Ⅱ도 읽을 수 있다. 이를테면 쥐들에게 조정을 제의하는 「이빨의 조리」가 그런 작품이다. 그러나 『일본풍토기』Ⅱ에서는 '창의성', '무풍지대' 외에도 '자기회복'이라는 관점이 명확히 드러나 있다.

『일본풍토기』Ⅱ의 첫 번째 작품은 「카멜레온의 노래」인데, 환경에 맞게 몸 색깔을 바꾸는 이 동물의 특성을 이용해 김시종은 '공산주의자'이며 '자본주의자', "미국을 싫어하는/ 한국을 싫어하는/ 이승만을 싫어하는/ 민단을 싫어하는/ 일본을 싫어"함으로써 "마침내 제대로 된 민족주의가" 될 수 있는 '나'를 등장시킨다. 다른 한편으로 이러한 '나'는 자신이 자신일 수 있는 근거를 자기 신체에 두고 있는 존재이다("그저 밥통에 의지해 나갔다"). 즉 김시종이 문제 삼고 있는 것은 사대주의, 기회주의 등이 아니라 관념적으로 민족적이려고 하는 것과, 거기에 저항하는 신체의 분열이며 상극이다. 이 관념과 신체의 상극 끝에 '카멜레온'의 양상도 있을 것이다. 그리고 이것이야말로 김시종에게 중요한 '자기회복'과 관련된 문제이며 인식의 기본적인 구조다. 『장편시집 니이가타』 등에서 읽히는 변신의 주제도 70년대에 창작되기 시작한 관념적인 민족에 의거하지 않는

---

* 『金時鐘コレクションⅡ−幻の詩集、復元に向けて 詩集『日本風土記』『日本風土記』Ⅱ』(藤原書店, 2018)에 「가을 밤에 본 꿈 이야기」와 「뽑기로 산다」가 실려 있으므로 총 9편이다.

'자기회복'에 관한 에세이의 기원을 상기시킨다.

이 관념과 신체가 상극하는 '자기회복'은 「종족검정」에 명확히 나타난다. 권력'개'에게 미행당하는 '나'는 재일동포 밀집지역으로 그놈을 유인한다.

나는 조용히 걸음을 멈추고

우선 오른손에서부터 서서히 사지수四肢獸로 변해 갔다.

그 자식이 개이기 위해서는

그 이상의 엄니를 내가 갖지 않으면 안 된다.

'개'가 되기를 거부하며 민족적으로 있으려고 '나'는 몸을 변신시킨다('사지수'). 그 결과 '나'는 "친애하는 동포"의 협력하에 '개'를 잡는 데 성공한다. 그러나 '나' 역시 "친애하는 동포" 중 한 명인 '아주머니'로부터 "이 녀석도 개라고!"라는 지목을 받고 '민족'에서 낙오돼 '개'인 상태로 사로잡히고 만다. 신체를 바탕으로 자기회복의 어려움을 보여주는 작품일 것이다. 덧붙여서 이 작품에서의 '개'는 '빨갱이 개赤狗'(狗는 개를 의미함)라는 말과도 이어지고 있어 4·3항쟁의 기억과 연결되어 있다. 덧붙이자면 이 작품은 거의 그대로 『니이가타』에서도 등장한다.

이 신체에 근거한 '자기회복'의 곤란함은 「노동 승천」에서 다른 각도로 표현돼 있다. '나'는 생계를 유지하기 위해

크고 작은 기어를 만드는 핸들을 계속 돌린다. 그러나 그것들은 '머신건'의 부품이 되고 따라서 조선인의 작은 공장이야말로 국제적인 '반공동맹'을 유지하는 것으로 여겨진다. 이 작품도 재일동포에 특화된 대체 가능성이라는 '보편성'을 그린 것이다. 더 나아가서 그 보편성을 위해서는 "이와 이를 맞물리는 이미지에 / 스스로 만족하는 / 창조자"라는 신체의 기계화가 필요하다는 것을 덧붙인다. 기계화는 획일화/규격화로서 신체의 고유성을 잃게 하고 관념에 집어삼켜지는 요인이 되기 때문이다. 하지만 자기회복을 둘러싼 신체의 어려움은 4·3항쟁이라는 역사적 기억과 결부돼 깊은 곳에서 포착된다. 제1부 마지막에 놓인 「나의 성 나의 목숨」을 살펴보자. 김시종이 4·3항쟁 때 겪었던 일을 그린 이 시는 1959년 11월에 쓰였다. 김시종은 젊은 빨치산으로서 4·3항쟁에 참여했음을 1999년 고백했는데, 그 사실로 볼 때 60여 년 전 나온 이 작품의 존재는 소중하다.

4·3항쟁기에 목매어 죽어가던 매형의 페니스가 죽음에 직면해 벌떡 일어선다. 이 시는 매형의 그것과 고래가 죽을 때 페니스를 드러낸다는 사실을 겹쳐 놓는다. 그러한 동물화가 진행되는 가운데 일어서는 매형의 페니스가 "특별경비대 대장"의 '일본도'에 의해서 잘려나가는 장면이 나온다. 이는 아우슈비츠의 가스실에서 안네 프랑크가 초경을

맞이했던 것과 겹쳐치며 여성화도 진행된다. 신체에 기초
한 자기회복과 관련해 중요한 것은 다음 부분이다.

　　매달린 남자여.

　　매달려진 남자의

　　성 발기의 무엇이

　　꼴같잖단 말이냐!

　　통상적으로

　　살아가는

　　생명은

　　다르게

　　꿋꿋이 살아가는 생명에

　　떨고 있던

　　너의

　　너는

　　거기에 없었던가!?

　일어서는 페니스에서 시인의 상상력은 사라져가는 사
람의 삶(生)과는 별개로 살아가려는 목숨(命)을 발견하
고 있다. 삶이 상실되어 가는 과정에서도 살아남으려는 목
숨이 나타나는 것, 즉 삶과 목숨을 세심하게 구별하면서
(생/명) 시인은 거기에 자기회복의 원천을 찾는 것처럼 보

인다. 이후 작품은 매형과 겹쳐진 고래의 이미지로 회귀하면서 살아남으려는 목숨이 플랑크톤과 같이 바다로 퍼져가는 모습을 투시하면서 끝난다. 생/명이 확산되면서 살아가려는 모습은 '자기회복'이란 하나의 신체가 여러 신체와 관련을 맺으며 이뤄진다는 것을 전한다. 바다를 중심적인 모티브로 하는 『니이가타』로 연결되는 사상이다. 그렇게 『일본풍토기』Ⅱ는 '자기회복'을 되찾고 있다.

여기서 제1부 제목 "익숙한 정경"을 되돌아본다면, 그것은 한편으로 정치적·경제적 상황이나 관념으로서의 민족이 강하게 작용함으로써 변화되지 않는 정경을 의미한다. 그러나 다른 한편으로 「나의 성 나의 목숨」에 나타나듯이 불변할 것처럼 보이는 상황 속에서도 정경의 변화를 가져오는 생명이 있음을 전하려는 것처럼 여겨지기도 한다.

그럼 제2부 "밝힐 수 없는 거리의 깊이에서"는 어떨까. 이미 서술했듯이 제2부에는 부모님의 죽음이 직접적으로 영향을 미친 시가 나온다. 제2부 첫 번째 작품 「두 개의 방」은 어머니의 죽음을, 그리고 아버지의 죽음에 관한 「비와 무덤과 가을과 어머니와」가 세 번째에 있고, 다섯 번째로 다시 어머니의 별세에 대한 「밝힐 수 없는 거리의 깊이에서」가 나온다.

열쇠를 주세요.

임종의

어머니가 계십니다.

(…중략…)

한 시간 거리의

바다에 가로막혀

바짝 말라 버린 엄니가 계십니다.

우두커니

천장을 우러러보며

그저 기다리고 있을 뿐인 자식이 있습니다.

—「두 개의 방」 부분

　지금이라면 오사카에서 제주도까지는 비행기로 불과 한 시간 반 정도이지만, "그저 기다리고 있을 뿐인 자식"은 4·3항쟁에 관련되었기 때문에 이 거리를 넘을 수 없다. 마치 옆방이 칸막이 문에 의해 잠겨진 것처럼. 그렇게 물리적으로는 가까운 거리가 끝없이 먼 것은 두 장소가 절대적으로 분리돼 있기 때문이다.

멀다.

끝없이 멀다.

달을 향한 길이 열려도

거리를 궁구할 수 있는 날은 영원히 오지 않으리.

그리고 절대적으로 분리된 곳에 제주도가 있다면, 이 거리도 또한 김시종에게 4·3일 것이다. 나는 위에서 『지평선』 제1부는 현재에 입각함으로써 대상과의 거리를 좁히고 그것이 세계사적인 사건을 자신에게 끌어들여 단단한 서정을 낳았다고 썼다. 그러나 『일본풍토기』 II에서는 부모의 죽음에 직면함으로써 4·3이 필연적으로 자각되어 끌어들이기 어려운 거리로 나타나 있다. 그와 동시에 이 거리는 "언젠가 부화할 때/ 묻지 않은 푸름을 바친다"(「밝힐 수 없는 거리의 깊이로」)라고 나와 있는 것처럼 변신의 모티브와도 이어진다. 즉 관념과 신체의 상극이 가져다주는 자기회복의 모티브와의 관련이다. 그러나 여기에서는 영원히 밝힐 수 없다고 여겨지는 그 거리에 관해 다른 관점을 말해두고 싶다(제2부에는 봄을 중심으로 한 계절을 노래하는 시들이 수록되어 있지만 지면 관계상 생략한다).

우선 4·3이라는 거리도 불러오는 신체를 축으로 한 변신─자기회복에 관해서이다. 이에 대해서는 시 「카멜레온」과 가까운 거리에 있지만, 신체 내부까지 눈을 돌린 「샤릿코」를 우선 꼽고 싶다. 이 시 속에 나오는 '샤릿코'란 사전적으로는 '샤리' 즉 밥알을 사랑스럽게 부르는 호칭이다. 그러나 "예전에는 구리 철사[빨강 물질]를 먹었다. / 지금은 알루미늄[흰 물질]을 먹는다"로 시작되는 이 작품은 정치적 우의를 담은 복잡함을 지닌다. '샤릿코', '가릿코(으드득)', '슈룻코(슉)' 등 시에 등장하는 의성어에 관한 정밀한 분석도 필요할 것이다. 그러나 여기서는 재일동포에게 강요당하는 정치적·경제적·사회적 처지를 가족 4명이 마치 음식처럼 삼키고 몸 안에서 반죽하고 변질시키려는 것에 초점을 맞춰 지적하고자 한다.

> 거기에 다다를 것 같아서
>
> 좇을 수 있을 것 같아서
>
> 열중한 몸이
>
> 주석으로 변한다.
>
> (…중략…)
>
> 밥통에서
>
> 뻑뻑하게
>
> 반죽된 것이
>
> 대장을 지나
>
> 똥구멍을 빠져 나올 때.
>
> 황금이 됩니다.
>
> 분명히 됩니다.

위에서 "처지의 변질"이라고 쓰긴 했지만 물론 삼킨 것을 다시 삼켜버릴 수도 있고 원하던 변화를 이루지 못할 때도 있다. 그러나 "거기에 다다를 것 같아서 / 좇을 수 있을 것 같아서"나 "분명히 됩니다"라는 표현은 '무풍지대' 속 재일 동포의 삶을 자신의 신체를 통해 바꾸려는 의지도 담고 있을 것이다. 그리고 '슈릿코'가 그려내는 생활에 밀착해 강요당한 처지를 능동적으로 극복하려는 신체적 행위는 "밝힐 수 없는 거리"를 좁힐 가능성을 배태하고 있다. 처지를 바꾸는 것은 '일본'의 변화 가능성을 열어두고 한반도에 영향을 미칠 수밖에 없기 때문이다. 그렇게 신체에 기초한 변신은 "밝힐 수 없는 거리"를 끌어당길 가능성을 지닌다.

거리에 대한 또 다른 관점으로는 1959년부터 조선민주주의인민공화국으로의 '귀국'이 시작하면서(귀국사업), 아마도 김시종 안에서 싹튼 '머문다'는 자세를 들 수 있다. 작품「길(홍 씨 할아버지)」를 꼽고 싶다.

> 이 부근의 토관土管을 작업했지…
>
> (…중략…)
>
> 비틀린 발의
>
> 엄지발가락과
>
> 가운데 발가락과
>
> 새끼발가락이
>
> 묻혀 있다는 아스팔트를 자동차는 흡사 산을 뛰쳐나온 멧

돼지처럼

　귀국자대회로의

　거리를 줄이며

　쏜살같이

　'홍 씨 할아버지'의 발가락이 벗겨진 건 30년 전의 일
이고(1930년경), 말하자면 식민지 기억이다. 숨을 헐떡이
며 '귀국자 대회'로 가는 버스는 물리적으로는 '조국'으로
서의 조선민주주의인민공화국과의 거리를 좁히기는 한
다. 그러나 역사적 기억과 마주보고 있지 않다는 점에서,
김시종이 직면한 "밝힐 수 없는 거리"를 넘어서지 못한다.
이 작품에 '머물다'라는 말이 나오지는 않는다. 그러나 묻
혀 있는 발가락을 소홀히 통과하지 않으려면 그 자리에 멈
춰 설 수밖에 없다. 그리고 「길(홍 씨 할아버지)」 즉 '길=
홍 씨 할아버지'라고 되어 있는 것은 그 묻힌 발가락을 향
하지 않고서는 "밝힐 수 없는 거리"를 답파하는 길은 찾을
수 없다는 뜻이 된다. 그래서 '길'을 찾기 위해 이 땅에 머
문다. 따라서 여기에 싹트고 있는 '머문다'란 일본을 선택
한다는 것이 아니라 "밝힐 수 없는 거리"를 넘어 가는 '길'
을 창출하기 위한 시간을 의미한다.
　물론 발표 순서로 보면 「샤릿코」는 1958년 10월, 「길(홍
씨 할아버지)」는 1959년 6월, 작품 「밝힐 수 없는 거리의

깊이에서」는 1961년 11월이라서, '머물다'보다 나중에 "밝힐 수 없는 거리"를 강하게 자각했다고 할 수 있다. 그러나 『니이가타』(1970)에서는 보다 명확하게 '머무는' 지향이 나타나며, 그 후의 『이카이노 시집』(1978)이나 에세이도 마찬가지다. 그렇다면 『일본풍토기』 Ⅱ의 제2부 제목 "밝힐 수 없는 거리의 깊이에서"란 수평 방향뿐 아니라 "홍 씨 할아버지"의 발가락이 묻혀 있는 수직방향으로 향하는 공간적·시간적으로 '거리'를 파악하는 방식에 대해서 변경을 촉구하는 것이 아닐까. 그리고 그러한 '거리'해석의 변경에는 역시 '창의성'이 요구되는 것 같다. 게다가 그것은 『니이가타』 첫머리에 있는 바다에 걸린 다리, 바다를 관통하는 길의 이미지로서 이미 우리에게 와 있다. 그런 의미에서 『니이가타』는 굳이 말하자면 『일본풍토기』 Ⅲ이기도 하다.

지면 관계상 다루지 못한 시가 많지만, 끝으로 『일본풍토기』 제1부의 제목인 '개가 있는 풍경'에 등장하는 동물들에 관해서 짧게 언급하고 싶다. 『일본풍토기』, 『일본풍토기』 Ⅱ에 등장하는 동물들은 재일조선인과 겹쳐져 있으며 동물의 삶은 재일조선인의 삶임이 분명하다. 그러나 다른 한편으로 「용마루 긴 집의 법도」에 읽히듯 양측은 심각한 불화도 빚고 있으며 그것이 동물을 자립적인 존재로 만들고 있다.

누가

배가 갈라지는 소리를

들어 본 적이

있는가!?

일본의

51음으로는

도저히

낼 수 없다.

'곰치 아줌마'는 아기의 코를 갉아먹은 쥐를 "수레바퀴 형벌"에 처하기로 결정한다. 인용은 형이 집행된 장면이 지만 우리 귀를 기능마비로 몰아넣는 상황은 동물들이 일본어를 넘나드는 존재라는 것, 따라서 일본어 밖을 암시한다. 그와 함께 암시되는 것은 일본어가 강제된 식민지의 역사이다. 김시종이 말하는 "일본어에 대한 보복"과 관련해서 생각해야 할 지점일 것이다. 『일본풍토기』, 『일본풍토기』Ⅱ의 시점에서 김시종이 얼마나 자각적으로 동물을 등장시켰는지는 연구 과제다. 하지만 이 두 시집은 '일본' 속 재일조선인의 '풍토'를 그릴 뿐만 아니라, 그 바깥에 동물들이 숨 쉬고 있으며 그것들이 김시종의 사상과 맞물려 있는 것만은 명확하다.

『일본풍토기』, 『일본풍토기』 II는 지금까지 서술한 것처럼 "일본의 현대시 운동"과의 관계나 시 속의 4·3항쟁과 관련된 기억 등 다양한 관심을 불러일으킨다. 나는 김시종 문학 연구자로서 이 시집을 한국 독자들이 읽을 수 있게 된 것을 무척 기쁘게 생각한다. 이 시집과 함께 역사를 떠올리는 것, 기억하는 것, 돌아가신 분을 애도하며 그 생/명을 받는 것, 그리고 창의성을 발휘하는 것이 한국에서도 가능해진 것은 뛰어난 번역자 곽형덕 덕분이다.

2022.2.22

『일본풍토기』 번역 출간으로 김시종 시인의 '초기 삼부 작' 번역에 마침표를 찍는다. 일본에서 출간된 순서대로 보면 『지평선』1955,『일본풍토기』1957,『장편시집 니이가타』 1970 순이지만, 번역은 『장편시집 니이가타』2014,『지평선』 2018,『일본풍토기』완전판, 2022 순이다. 초기 삼부작 시집이 라는 명칭을 붙인 이유는 세 권의 시집에서 남북 분단에 대한 거부와 인간 해방, 그리고 현실 인식의 혁명이라는 일관된 주제 의식을 발견할 수 있어서다. 또한 세 권의 시 집 모두 대부분 1950년대에 집필된 것도 그 이유다. 다만 삼부작 중에서 『일본풍토기』완전판는 『일본풍토기』1957와 출간이 무산됐었던 『일본풍토기』Ⅱ를 함께 실은 시집이다. 이 중에서 『일본풍토기』Ⅱ는 1959년 출판 직전 조선총련 의 탄압으로 인해 원고가 흩어졌다가, 김시종 컬렉션을 간 행중인 후지와라서점藤原書店에서 60여 년의 세월이 지나 올해 3월 출간됐다. 1950년대 말에 정상적으로 출간됐다 고 한다면 김시종의 세 번째 시집은 『장편시집 니이가타』 가 아니라 『일본풍토기』Ⅱ였을 것이다. 『일본풍토기』Ⅱ는 조선총련 창립 이후 김시종의 삶이 얼마나 고난과 핍박으 로 가득했었는지는 물론이고, 그럼에도 시인이 고난을 넘 어서려 했음을 증명하는 시집이다.

2019년 무렵부터 본격적으로 시작한『일본풍토기』번역은 난항을 거듭했다. 첫 시집인『지평선』에 실린 시와 달리 의미 파악조차 되지 않는 시가 대부분이었기 때문이다.『장편시집 니이가타』의 난해함은 장편시집 특유의 장대한 서사에서 비롯됐으나 몇 번이고 읽다보면 의미가 특정이 됐다. 하지만『일본풍토기』는 시 자체는 어렵지 않은데 의미 파악이 되지 않았다. 1950년대 당시에는 통용됐을지 모르지만 반세기를 훌쩍 넘긴 현재, 많은 시어가 암호처럼 느껴졌다. 난해함의 원인은 시인이 한국어판「서문」과「인터뷰」에 밝히고 있는 것처럼『일본풍토기』가 '현대시'로 쓰였기 때문이다. 시인이 일본 '현대시'를 강하게 의식하며 창작된 만큼 50년대 현대시라는 맥락 속에서 독해해야 했다. 의미를 특정하기 힘든 시어로 쓸 수밖에 없었던 이유는 조선총련의 '검열'을 피하기 위해서이기도 했다. 컨텍스트 속에서만 의미를 지니는 텍스트 그 자체였던 셈이다. 그렇게 약 3년을 미로 속에서 헤매며 시인을 비롯해 '김시종 연구자'들의 지혜를 빌리는 동안, 유실됐던『일본풍토기』II의 모든 시가 발굴됐다는 놀라운 소식을 2021년 여름, 정해옥 시인에게 들었다. 김시종 시인의 이코마 자택에서『일본풍토기』II 원고 노트가 발견됐다는 것이다. 한국어판『일본풍토기』가 두 권의 시집을 합친 형태의 '완전판'으로 나올 수 있게 된 순간이었다.『일본풍토기』가 번역 출간돼 나오기까지 많은 분들의 도움을 받았다. 2년 동안 번역 연재 지면을 내 준 『제주작가』와, 출판 조성기금을 마련해주신 한림대학교 일본학연구소의 서정완 소장님께 감사드린다. 또한 '초기 삼부작' 번역과정에서 김시종 시인과의 연락을 중개해 주신 정해옥 시인, 『지평선』에 이어 훌륭한 해설을 써주신 오세종 선생님의 후의가 없었다면 출간 작업은 더욱 험난했을 것이다.

1950년대 말 『일본풍토기』II의 출간이 무산된 후, 시인은 칠흑 같은 어둠 속에 있었다. 동포 사회 안에서도 백안시되고 관계의 단절을 겪었다. 그런 절망의 나날 속에서도 그를 일으켜 세웠던 것은 끝까지 그의 옆에 있었던 사람들이었다. 아무리 진보적인 일본인이라 해도 그들의 힘을 빌려 동포 사회의 부조리를 비판하려 하지 않았던 시인, 일본인과 조선인의 관계를 가해와 피해로만 고정시키는 것은 "조선인의 주체적 자아 발양"『재일의 틈새에서』을 저해한다고 했던 시인. 『일본풍토기』는 청년 김시종이 괴로움 속에서도 현실과의 투쟁을 멈추지 않았던 1950~60년대의 궤적을 선명히 담고 있다. 『일본풍토기』완전판의 출간이 김시종 문학 이해에 새로운 지평을 열 수 있기를 바라본다.

2022년 6월
옮긴이 씀